UNION GÉNÉRALE D'ÉDITIONS
8, rue Garancière – PARIS VIe

Du même auteur
dans la même collection

Allez-y, Jeeves, n° 1535.
Baronnets et bars honnêtes, n° 1644.
Bonjour, Jeeves, n° 1498.
Bravo, oncle Fred! n° 1643.
Ça va, Jeeves? n° 1499.
Éclair de chaleur, n° 1533.
Hollywood follies, n° 1743.
Jeeves, au secours! n° 1497.
Jeeves dans la coulisse, n° 1793.
Merci, Jeeves, n° 1496.
Mr. Mulliner raconte, n° 1573.
Une pluie de dollars, n° 1702.
Le plus beau cochon du monde, n° 1642.
Sous pression, n° 1574.
Valeurs en coffre, n° 1701.

PAS DE PITIÉ POUR LES NEVEUX, JEEVES

PAR

P. G. WODEHOUSE

Traduit de l'anglais
par Claude ALENGRY

10|18

INÉDIT

Série « Domaine étranger »
dirigée par Jean-Claude Zylberstein

Titre original :
Aunts Aren't Gentlemen

ISBN 2-264-01062-2

CHAPITRE PREMIER

Alors que je me trouvais dans mon bain, en train de chanter, si je me souviens bien, l'air du toréador tiré de l'opéra *Carmen,* mon attention fut soudain attirée par la présence de petits boutons sur ma poitrine. Ils étaient d'une couleur rose qui faisait un peu songer aux premières lueurs de l'aube naissante, et je les contemplai quelques instants non sans une certaine inquiétude. Bien que je ne sois pas un être prompt à s'alarmer, je suis farouchement hostile à l'idée de me voir couvert de taches comme un léopard, ainsi que je me souviens d'avoir entendu Jeeves me décrire un jour cet animal – le léopard étant, si j'ai bien compris, un peu semblable à cette espèce de chiens dont le nom commence par un D...

– Jeeves, fis-je à l'heure du petit déjeuner, j'ai des boutons sur la poitrine.

– Vraiment, Monsieur?

– Roses.

– Vraiment, Monsieur?

– Je n'aime pas du tout ça!

– Un préjugé fort compréhensible, Monsieur. Pourrais-je me permettre de m'enquérir s'ils vous démangent?

– En quelque sorte, oui.

– Je ne conseillerais pas à Monsieur de se gratter.

– Là, je ne suis pas de votre avis! Il faut savoir se montrer ferme envers les boutons, Jeeves, gros ou petits! Souvenez-vous de ce qu'a dit le poète.

– Monsieur?

– Le poète Ogden Nash. Pensez au poème qu'il a écrit sur la défense de la pratique du grattage. Qui était Barbara Frietchie, Jeeves?

– Une dame de quelque renom durant la guerre entre les Etats américains, Monsieur.

– Une femme de caractère? Sur laquelle on pouvait compter?

– C'est ce que j'ai toujours cru comprendre, Monsieur.

– Eh bien, voici ce que le poète Nash a écrit sur elle : « Je suis profondément attaché à Barbara Frietchie. Je parie qu'elle se grattait là où ça la démangeait... » Pour ma part, je ne vais pas me contenter de me gratter! Je vais en plus soumettre mon cas à un médecin compétent!

– Une très sage décision, Monsieur.

– L'ennui c'est que j'ai toujours joui d'une si bonne santé – si l'on omet la rougeole que j'ai eue, jadis, à mes débuts – que je ne connais aucun docteur.

Je me souvins alors que mon copain américain, Tipton Plimsoll, avec qui j'avais dîné le soir précédent pour célébrer ses fiançailles avec Véronique, l'unique fille du colonel et de lady Hermione Wedge, du château de Blandings, Shropshire, en avait mentionné un, au cours du repas, qui, une fois, avait-il dit, ne l'avait pas trop mal soigné...

Je lui téléphonai aussitôt pour qu'il me donnât son nom et son adresse.

Tipton ne répondit pas tout de suite à mon coup de téléphone, et, lorsqu'il répondit, ce fut pour me reprocher de l'avoir réveillé aux aurores. Mais, après qu'il eut dit ce qu'il avait sur le cœur, et que je lui eus dit ce que j'avais sur la poitrine, il fut plus coopératif... Aussi est-ce avec l'information désirée que je m'en revins auprès de Jeeves.

– Je viens de parler à M. Plimsoll, Jeeves. Maintenant, la marche à suivre est tout à fait claire. Il m'a vivement incité à prendre contact sans tarder avec un toubib du nom de E. Jimpson Murgatroyd. Il dit que si je cherche un praticien du genre bon enfant pour me planter un stéthoscope dans les côtes en me racontant une histoire drôle au sujet de deux Irlandais appelés Pat et Mike, puis une autre à propos de deux Écossais appelés Mac et Sandy, ce n'est pas cet E. Jimpson qu'il me faut voir. Mais si ce que je cherche c'est un type pour me guérir de mes boutons, il ne fait aucun doute qu'il est mon homme, car il connaît son sujet, paraît-il, de A jusqu'à Z, et soigne des boutons depuis qu'il est haut comme ça... Il semble que Tipton ait eu les mêmes ennuis récemment, et Murgatroyd l'a remis d'aplomb en un clin d'œil. Alors, Jeeves, pendant que je vais m'extraire de ces vêtements pour mettre quelque chose d'un peu plus seyant, veuillez avoir la bonté de lui passer un coup de fil et de fixer un rendez-vous avec lui.

Lorsque j'eus posé le chandail et les pantalons de flanelle matinaux, Jeeves m'informa qu'E. Jimpson pourrait me recevoir à onze heures. Je le remerciai, et lui demandai de signaler au garage qu'on m'envoyât la voiture à dix heures quarante-cinq.

– Un peu plus tôt, si je puis me permettre une suggestion, Monsieur... fit-il. La circulation, veux-je dire... Ne vaudrait-il pas mieux prendre un taxi?

– Non, Jeeves. Et je vais vous dire pourquoi : J'ai l'intention, après avoir vu le toubib, d'aller jusqu'à Brighton prendre une bouffée d'air marin. Je ne crois pas que la circulation puisse être pire que d'habitude. Qu'en pensez-vous?

– Je crains que si, Monsieur. Il y a une nouvelle manifestation prévue ce matin.

– Quoi! Encore une! Il semble qu'il y en ait à toute heure de la journée en ce moment, ne trouvez-vous pas, Jeeves?

– Il est certain qu'elles ne sont pas très inhabituelles de nos jours, Monsieur.

– Avez-vous une idée de la raison pour laquelle on manifeste cette fois-ci?

– Je ne saurais trop le dire, Monsieur. Ce pourrait aussi bien être pour une chose que pour une autre. Les peuples sont remuants et enclins au mécontentement, et ses sujets s'opposent toujours au nouveau Gouvernement.

– Le poète Nash?
– Non, Monsieur. Le poète Herrick.
– Plutôt amer, n'est-ce pas?
– Oui, Monsieur.
– Je me demande ce qu'on avait pu lui faire pour lui hérisser le poil à ce point-là! Il avait peut-être eu à payer cinq livres d'amende pour une cheminée qui fumait...
– Je n'ai aucune information à ce sujet, Monsieur.

Quelques minutes plus tard, bien installé dans le vieux coupé sport, en route pour mon rendez-vous avec E. Jimpson Murgatroyd, je me sentais le cœur singulièrement léger pour un homme qui avait la poitrine couverte de boutons. C'était une belle matinée, et il ne s'en serait pas fallu de beaucoup pour que je chantasse tra-la-la-lère à tue-tête tandis que je filais allégrement vers mon but. C'est alors que je me trouvai tout à coup immobilisé à la proue du défilé... Je me calai bien au fond de mon siège et contemplai le déroulement des opérations d'un œil bienveillant.

CHAPITRE II

Quelle que fût la raison pour laquelle tous ces joyeux fêtards manifestaient, c'était, de toute évidence, pour quelque chose qui leur tenait passablement à cœur. Quand, au bout d'un moment, je me trouvai pris dans le gros du paquet, un bon nombre d'entre eux, ayant conclu, sans doute, que des cris d'animaux ne rendaient compte du problème que de façon très imparfaite, se mirent à s'exprimer à l'aide de bouteilles et de fragments de briques – ce que semblaient peu apprécier les policiers présents sur les lieux en quantité considérable... Ce ne doit pas être drôle, pour un policier, de se trouver dans une telle situation! N'importe qui en possession d'une bouteille peut la lui lancer à la figure, mais, s'il la renvoie, ce sont partout des clameurs qui s'élèvent au sujet des brutalités policières et les éditoriaux en sont pleins le lendemain matin...

Cependant, même chez le plus doux des flics, la patience a des limites, et j'eus l'impression – car je suis très perspicace sur ces questions-là – que dans guère plus de temps qu'il n'en faut à un canard pour remuer la queue, l'Enfer allait trembler sur ses fondations... J'espérais que personne n'éraflerait ma carrosserie.

Marchant en tête du défilé, je vis avec surprise une fille que je connaissais bien. En fait, je lui avais demandé, un jour, de m'épouser. Son nom était Vanessa Cook, et je l'avais rencontrée à un cocktail. Elle était d'une si radieuse beauté que deux minutes à peine après lui avoir offert un Martini, avec une de ces petites saucisses qu'on plante sur un bâtonnet de bois, je m'étais dit en secret : « Bertram, voici l'occasion unique! Affaire à Suivre! » Et, quand l'heure sembla venue, je suggérai l'amalgame. Mais, il faut croire que je n'étais pas son type, car l'affaire ne se fit point...

Ceci avait, bien sûr, quelque peu ébranlé l'âme woostérienne sur le moment... Or, considérant maintenant la dépouille du passé, il m'apparaissait que mon ange gardien avait plutôt bien fait son boulot à l'époque, et agi au mieux de mes intérêts. La beauté radieuse est certes une très bonne chose en soi, mais elle ne fait pas tout! Quel genre de vie aurais-je bien pu avoir, veux-je dire, aux côtés d'une bonne femme toujours mêlée à quelque manifestation, et exigeant que je sois présent pour jeter des bouteilles aux membres de la police? Je frissonnai en songeant à l'obscur pétrin où j'aurais pu me fourrer si ma personne avait exercé un tout petit brin de fascination de plus... J'en tirai, en fait, une bonne leçon – à savoir qu'on ne doit jamais perdre la foi en son ange gardien, car tous ces anges gardiens, croyez-moi, sont loin d'être des imbéciles!

Vanessa Cook était accompagnée d'un grand costaud sans chapeau, en qui je reconnus une autre ancienne connaissance – j'ai nommé O.J. (Orlo) Porter, qui avait habité dans la même cage d'escalier que moi à Oxford. Hormis le fait que nous nous étions occasionnellement emprunté une tasse de sucre, et nous saluions en nous croisant dans l'escalier, nous n'avions jamais été très intimes. Il était, en effet, une figure éminente du syndicat étudiant – où, d'après ce que j'entendais dire, il faisait des discours gauchistes enflammés –, tandis que j'étais plutôt du genre qui se contente de goûter les beautés de l'existence...

Nous ne nous rencontrions pas davantage durant nos heures de loisirs, car sa conception d'une partie de rigolade consistait à se munir d'une grosse paire de jumelles, et à s'en aller épier les oiseaux – chose qui ne m'a jamais attiré outre-mesure... Je dois dire que je ne vois vraiment pas quel profit tirer de l'opération. Si je rencontre un oiseau, je lui fais un petit geste amical de la main pour qu'il sache tout le bien que je lui veux, mais je n'ai aucune envie de m'accroupir derrière un buisson pour observer ses habitudes. Donc, comme je vous l'ai dit, Orlo Porter n'était en aucune façon un de mes plus grands copains, mais nous nous étions toujours bien entendus, et nous nous voyions encore de temps en temps.

Tout le monde, à Oxford, lui avait prédit un avenir politique à tout casser, mais il n'avait pas encore démarré... Il travaillait pour l'instant comme employé de la Compagnie d'assurances de Londres et des comtés périphériques, et gagnait le p. quotidien en persuadant des pauvres gogos – dont je faisais partie – de contracter des assurances pour des sommes bien supérieures à ce qu'ils auraient souhaité. La pratique du discours gauchiste enflammé prédispose naturellement son homme à la vente de polices d'assurances, en le rendant apte à trouver le mot juste dans un vocabulaire élargi... Devant lui, je n'avais pas plus résisté, en ce qui me concerne, que le pot de terre face au pot de fer – si vous connaissez l'histoire.

Le jet de bouteilles venait d'atteindre son degré de fièvre culminant, et j'étais plus inquiet que jamais pour ma carrosserie, lorsque, soudain, se produisit un incident qui détourna mon esprit de la question... La portière de la voiture s'ouvrit, et, après avoir bondi à l'intérieur, un individu mâle – du format que les journaux qualifient de « bien en chair » – prit place à côté de moi. Je ne craindrai pas d'admettre que je sursautai légèrement, les Wooster n'étant pas habitués à cette sorte de chose si tôt après le petit déjeuner. J'étais sur le point de lui demander ce qui me valait l'honneur d'une telle visite, lorsque je m'aperçus que le lot dont je venais d'hériter n'était autre qu'Orlo Porter. Je devinai qu'après l'instant où j'avais perdu de vue la tête du défilé, il avait dû dire – ou faire – quelque chose que la Police métropolitaine ne pouvait faire semblant d'ignorer! Tout dans son comportement évoquait le cerf pantelant qui recherche la fraîcheur des torrents quand la poursuite a été chaude...

Certes, vous ne trouverez guère la fraîcheur des torrents en plein centre de la capitale! Toutefois, il y avait une chose que je pouvais faire pour insuffler à son moral l'équivalent d'une piqûre de morphine dans le bras... J'attirai son attention sur l'écharpe du club des Bourdons qui se trouvait sur le siège, tout en lui tendant mon chapeau... Il les mit tous les deux, et le déguisement, quoique grossier, s'avéra efficace. Plusieurs bobbies passèrent devant nous, mais ils recherchaient un individu sans chapeau, et il était hors de doute qu'il en portait un... Aussi continuèrent-ils leur chemin. Bien sûr, j'étais personnellement nu-tête, mais un seul regard suffit pour leur indiquer que ce boulevardier raffiné ne pouvait pas être, selon toute vraisemblance, le personnage douteux qu'ils poursuivaient. Et, quelques minutes plus tard, la foule s'était dispersée...

– Ne t'arrête pas, Wooster!, fit Orlo. Magnetoi, nom de Dieu!

Il me sembla qu'il parlait sur un ton plutôt irrité, et je me souvins qu'il avait toujours été un type assez irritable – et qui ne l'eût pas été, à sa place, en se voyant contraint de traverser l'existence affublé d'un nom tel qu'Orlo, et de colporter des polices d'assurances, alors qu'il avait rêvé d'électrifier la chambre des Communes par son éloquence incandescente! En conséquence, je n'en pris point ombrage – si l'ombrage est ce que vous prenez quand les gens se mettent à vous donner des ordres –, et je tins compte avec indulgence de l'état d'esprit dans lequel il se trouvait. Je continuai à conduire... Il fit « Ouf », et s'épongea le front pour enlever une goutte de trans.

Je ne savais trop quoi faire afin d'agir pour le mieux... Il haletait toujours comme un cerf, et vous avez des types, lorsqu'ils halètent comme des cerfs, qui prennent plaisir à vous dire pourquoi, sans rien vous cacher, et d'autres qui préfèrent que vous gardiez un silence plein de tact... Je décidai de prendre le risque.

– Des petits ennuis? dis-je.

– Oui.

– Souvent ce qui arrive dans ces manifs! Que s'est-il passé?

– J'ai flanqué une beigne à un flic!

Je compris pourquoi il montrait une légère émotion. Flanquer des beignes à des flics est une de ces choses que l'on ne doit faire – si l'on doit vraiment les faire – qu'avec parcimonie.

– Quelque raison particulière à cela? Ou bien est-ce que l'idée t'a simplement paru bonne sur le moment!

Il fit grincer une ou deux dents. C'était un rouquin, et mon expérience des rouquins m'a depuis toujours enseigné que vous pouvez vous attendre avec eux à des poussées de tension artérielle en temps de crise... La première reine Elizabeth était une rouquine, et voyez ce qu'elle a fait à Marie, reine d'Écosse!

– Il a essayé de pincer la femme que j'aime!

Je comprenais parfaitement combien cela pouvait l'avoir contrarié. J'ai moi-même, en mon temps, aimé un assez grand nombre de femmes – bien que la chose semblât toujours se tasser au bout d'un moment –, et j'aurais sans doute montré quelque humeur si l'une ou l'autre d'entre elles s'était fait pincer par un policier devant moi...

– Qu'avait-elle fait?

– Elle était à la tête de la manif avec moi, en criant très fort, comme toujours dans de semblables circonstances, qui ne manquent pas de susciter de vives émotions, chez une fille dont l'âme est aussi généreuse que la sienne. Alors, il lui a dit d'arrêter de crier... Elle lui a dit que nous étions dans un pays libre, et qu'elle avait le droit de crier autant qu'il lui plaisait... Il lui a dit que non, si elle continuait à crier le genre de choses qu'elle criait... Elle l'a traité de sale cosaque, et elle lui a flanqué une beigne. Il a voulu l'arrêter, alors c'est moi qui lui en ai refilé une...

J'eus un léger pincement au cœur en songeant avec compassion à l'officier de police ainsi frappé! Orlo, comme je l'ai déjà dit, était du style « bien en chair », et Vanessa était de ces filles robustes qui mettent dans leur punch autant de puissance qu'un homme. Un flic ayant récolté une beigne de la part des deux ne devait pas trop se poser la question de savoir s'il avait participé ou non à une bagarre...

Mais ce n'est pas cela qui m'occupait le plus l'esprit. Dès qu'il avait prononcé les mots : « Elle était à la tête de la manif, avec moi », j'avais visiblement sursauté. Il me semblait bien qu'en faisant le lien avec cette histoire de « femme que j'aime », ils ne pouvaient signifier qu'une seule chose...

– Bon Dieu! fis-je. C'est Vanessa Cook, la femme que tu aimes?

– C'est bien elle. Quelque objection?

– Une fille bien! m'empressai-je de dire, car ça ne fait jamais de mal, n'est-ce pas, de passer la bonne vieille pommade... Et, bien entendu, qui fait partie des dix plus radieuses beautés du moment!

L'instant d'après, je regrettai d'y être allé aussi fort : ces paroles produisirent sur Orlo un effet des plus désagréables...

Ses yeux sortirent de leurs orbites, tout en jetant des éclairs, et on l'aurait dit sur le point de faire un discours gauchiste enflammé!

– Parce que... tu la connais? dit-il, et sa voix était rauque et gutturale comme celle d'un bouledogue qui, ayant tenté d'avaler un os de gigot, n'est parvenu à le faire descendre qu'à moitié.

Je vis que j'avais intérêt à regarder où je mettais les pieds. De toute évidence, ce que j'ai entendu Jeeves nommer : « Le monstre aux yeux verts qui se rit de la chair dont il va se repaître » sentait s'éveiller sous sa coque les premiers frissons de la vie! Et on ne sait jamais ce qui peut arriver quand le M. aux y.v. prend la tête des opérations...

– Légèrement, dis-je. « Très légèrement! Nous nous sommes tout juste croisés à un vague cocktail. »

– C'est tout?

– Et c'est tout.

– Vous n'avez jamais été – comment dirais-je – intimes, d'une manière ou d'une autre?

– Non, non! A peine le style – Bonjour –

Bonjour – Belle journée, n'est-ce pas, quand il nous arrive de nous rencontrer dans la rue...

– Rien de plus?

– Jamais rien de plus!

J'avais su trouver les paroles qu'il fallait dire... Il cessa de bouillir, et, lorsqu'il parla de nouveau, l'effet « Bouledogue-qui-a-avalé-un-os-de-gigot » avait disparu.

– C'est une fille bien, as-tu dit? Eh bien, tu as résumé en deux mots mon opinion personnelle!

– Et elle a, de son côté, j'imagine, une très haute opinion de toi?

– Exact!

– Vous êtes peut-être fiancés?

– Oui.

– Mes meilleurs vœux de bonheur!

– Mais nous ne pouvons pas nous marier à cause de son père.

– Il s'y oppose?

– Vivement.

– Mais, tu n'as sans doute pas besoin du consentement paternel en ces temps éclairés que nous vivons.

– Si, tu en as besoin... Si c'est lui le curateur de tes biens, et si tu ne gagnes pas assez d'argent pour te marier! Mon oncle Joe m'a laissé plus de fric qu'il n'en faut pour épouser une vingtaine de filles! Il était l'associé du père de Vanessa dans une de ces grandes affaires de prestation de capitaux. Mais je ne peux pas y toucher parce qu'il a nommé le vieux Cook curateur de mes biens, et que Cook refuse de les cracher.

– Comment ça?

– Il n'est pas d'accord avec mes opinions politiques. Il dit qu'il n'a aucune intention de voler au secours d'un de ces suppôts de Satan de communistes, comme il nous appelle.

Il est possible, je pense, qu'à cet instant précis, je lui aie jeté un petit regard en biais. Je n'avais pas réalisé, jusque-là, qu'en fait c'était bien cela qu'il était, et j'en fus plutôt choqué, car je ne suis pas très chaud non plus pour le communisme en général... Toutefois, il était mon hôte, pour ainsi dire, aussi me bornai-je à remarquer que la sit. devait être fort désagréable, et il fit : « Désagréable est le mot », et il ajouta que Papa Cook ne devait qu'à ses cheveux blancs de ne pas avoir déjà récolté un œil au beurre noir – ce qui tend à prouver que ce n'est pas une trop mauvaise idée de laisser parfois blanchir ses cheveux...

– En plus du fait qu'il n'aime pas mes opinions politiques, il estime que j'ai une mauvaise influence sur Vanessa. Il a entendu dire qu'elle prenait part à des manifs, et il me tient pour responsable de ce qu'il nomme : ses écarts. Sans moi, dit-il, elle n'aurait jamais fait une chose pareille et il dit même que si elle se distingue trop, et si son nom paraît dans les journaux, elle retourne tout droit chez papa et ne ressort plus de sa cambrousse! Il paraît qu'il a une grande résidence à la campagne, avec une écurie de course! Pas étonnant, d'ailleurs, après une vie passée à exploiter la veuve et l'orphelin.

Là, j'aurais pu le corriger, en lui faisant remarquer qu'on n'exploite pas nécessairement la veuve et l'orphelin en leur vendant des steaks hachés et des pommes frites à des prix inférieurs à ceux qu'on leur demanderait ailleurs, mais, comme je l'ai dit, il était mon hôte, aussi préférai-je m'abstenir. L'idée me traversa tout de suite l'esprit que Vanessa ne resterait pas longtemps à Londres, maintenant qu'elle avait contracté cette nouvelle manie de flanquer des tartes aux forces de police, mais je n'en fis point part à Orlo Porter, ne souhaitant pas verser du sel dans la plaie.

– Mais, ne parlons plus de ça, fit-il, en laissant tomber le sujet de façon assez abrupte. Tu peux me laisser n'importe où par ici. Merci pour la balade.

– Il n'y a pas de quoi.

– Où est-ce que tu vas?

– Harley Street. Voir un docteur. J'ai plein de boutons sur la poitrine.

L'effet produit par cette révélation fut assez remarquable... Une expression d'intense convoitise s'inscrivit sur son visage. Je vis qu'Orlo Porter, le grand amoureux, avait été pour l'instant rangé dans son placard, pour céder la place à l'autre Orlo Porter, le très zélé employé de la Compagnie d'assurances de Londres et des comtés périphériques.

– Des boutons? fit-il.

– Roses, dis-je.

– Des boutons roses, fit-il. C'est très mauvais! Tu ferais bien de contracter une assurance auprès de ma compagnie.

Je lui rappelai que je l'avais déjà fait. Il secoua la tête.

– Oui, oui, oui, mais c'était seulement contre

les accidents. Ce qu'il te faut maintenant, c'est une assurance sur la vie! Fort heureusement, dit-il – en tirant des papiers de sa poche comme un prestidigitateur des lapins de son chapeau –, il se trouve que j'ai un contrat sur moi! Signe là, Wooster, fit-il, en sortant cette fois-ci un stylo à encre...

Et son magnétisme était tel que je signai là... Il marqua son approbation.

– Tu as agi avec sagesse, Wooster! Quoi que te dise le docteur quand tu le verras, aussi bref que soit le laps de temps qu'il te reste à vivre, ce sera toujours un grand réconfort pour toi de savoir que ta veuve et tes chers petits ne seront pas dans le dénuement complet... Tu peux me déposer ici, Wooster!

Je le déposai donc, et poursuivis ma route vers Harley Street...

CHAPITRE III

Bien qu'ayant été retardé en route par la manifestation, j'étais légèrement en avance à mon rendez-vous. Je fus informé, à mon arrivée, que le docteur était encore occupé avec un autre monsieur. Je pris donc un siège, et feuilletai d'une main oisive les pages d'un numéro des *Nouvelles de Londres illustrées* datant du mois de décembre précédent. Bientôt, la porte du repaire privé d'E. Jimpson Murgatroyd s'ouvrit et il en émergea un individu d'un certain âge, avec un de ces visages carrés de bâtisseur d'empires, et basané comme s'il avait coutume de séjourner en plein soleil sans parasol. M'apercevant, il me considéra quelques instants avant de me dire : « Bonjour »... Imaginez mon émotion lorsque je reconnus en lui le major Plank, cet explorateur *aficionado* de rugby, qui m'avait accusé, la dernière fois que je l'avais vu dans sa résidence du Gloucestershire, de vouloir lui extorquer cinq guinées par des moyens frauduleux... Une accusation sans fondement, est-il nécessaire de le dire, l'âme woostérienne étant aussi blanche que l'agneau, sinon plus... Mais les choses s'étaient alors un peu compliquées, et il y avait gros à parier qu'elles allaient se compliquer à nouveau! Je m'attendais à être démasqué, et me demandais ce que Bertram allait encore récolter, lorsqu'il parla, à mon grand étonnement, de la façon la plus courtoise, comme si nous étions une vieille paire d'amis.

– Nous nous sommes déjà vus quelque part, fit-il. Je n'oublie jamais un visage. Votre nom n'est-il pas Allen, ou Allenby, ou Alexandre, ou quelque chose comme ça?

– Wooster, fis-je, profondément soulagé... Je m'étais attendu à une scène pénible.

Il fit entendre un petit claquement de langue.

– J'aurais juré que ça commençait par Al – c'est cette fichue malaria! Chopé ça en Afrique équatoriale! M'affecte la mémoire! Ainsi, vous avez donc changé de nom, hein? Poursuivi par des ennemis clandestins, j'imagine...

– Non. Aucun ennemi clandestin.

– C'est presque toujours la raison qui fait qu'on change de nom. J'ai dû changer le mien, une fois, quand j'ai tué le chef des 'Mgombis – un acte d'autodéfense, bien sûr, mais ça ne changeait rien pour ses veuves et autres proches survivants lancés à ma poursuite! S'ils m'avaient attrapé, ils m'auraient sans doute fait rôtir à feu doux – chose, n'est-ce pas, qu'on essaie toujours d'éviter... Mais, je les ai eus! « Plank » était le nom de l'homme qu'ils cherchaient à contacter, et il ne leur est jamais venu à l'esprit qu'un type nommé George Bernard Shaw pouvait être celui après qui ils en avaient! Ils ne sont pas très brillants dans ces régions-là... Eh bien, Wooster, comment allez-vous depuis la dernière fois? La grande forme?

– Oh, ça va bien, merci. Hormis quelques boutons que j'ai sur la poitrine.

– Des boutons? C'est ennuyeux! Combien?

Je lui avouai que je n'en avais pas fait le recensement exact, mais je lui dis qu'il y en avait bien quelques-uns, et il hocha la tête d'un air grave.

– Il se pourrait que ce soit la peste bubonique – ou peut-être le psilosis. J'ai eu un porteur indigène, je me souviens, qui avait attrapé des boutons sur la poitrine. On a dû l'enterrer avant le coucher du soleil. Il a fallu faire vite... Des types fragiles, ces porteurs indigènes, même si on ne le dirait pas en les voyant! Attrapent tout ce qui traîne – psilosis, peste bubonique, fièvre des marais, rhumes des foins, bref, n'importe quoi. Eh bien, Wooster, j'ai été ravi de vous voir. Je vous offrirais bien de déjeuner avec moi, mais j'ai un train à prendre. Je me rends à la campagne.

Il me laissa, vous pouvez l'imaginer sans peine, dans un état d'extrême agitation. Bertram Wooster, c'est bien connu, est un intrépide – voire un téméraire –, et il en faut pour lui flanquer la trouille. Mais cette histoire de porteur indigène qu'on avait dû enterrer avant le coucher du soleil n'avait pas manqué de me causer une certaine anxiété... Et la première vision que j'eus d'E. Jimpson Murgatroyd ne fit rien pour me mettre à l'aise. Tipton m'avait averti que c'était un vieux bonhomme à l'air sinistre, et c'était bien d'un vieux bonhomme à l'air sinistre qu'il s'agissait! Il avait l'œil triste et songeur, de longs favoris, et sa ressemblance avec une grenouille qui n'aurait pas cessé de voir le côté sombre des choses depuis qu'elle était un tout petit têtard finit de me saper le moral.

Toutefois, ainsi qu'il arrive souvent quand on apprend à mieux connaître un type, il s'avéra qu'il était très loin du broyeur de noir qu'il semblait être à première vue. Après m'avoir pesé, fixé ce machin en caoutchouc qu'on fixe autour du biceps, tâté le pouls, et tapoté de tous les côtés, tel un pivert qui aurait porté des favoris, il se montra plutôt enjoué... Il se répandit en paroles réconfortantes, pareil à une bouteille de bière au gingembre déversant le flot précieux de son contenu...

– Je ne pense pas que vous ayez à vous faire trop de souci, fit-il.

– Non? m'écriai-je, considérablement ravigoté. Alors, ce n'est pas le psilosis?

– Bien sûr que non! Qui vous a fourré cette idée en tête?

– Le major Plank. Il m'a dit que ça risquait d'être ça. Vous savez? Le type qui vient de sortir...

– Il ne faut jamais écouter les gens, mon ami! Et surtout pas le major Plank. Nous étions à l'école ensemble. On l'appelait « Plank le Fêlé ». Vos boutons sont sans gravité. Ils disparaîtront d'ici quelques jours.

– Eh bien, je me sens plus léger! fis-je, et il dit qu'il était heureux que je fusse content.

– Néanmoins...

Un seul mot suffit parfois pour ébrécher en partie votre « Joie de vivre »...

– Néanmoins?

On eût dit un de ces prophètes mineurs sur le point de réprimander le peuple pour ses péchés – en partie à cause des favoris, pensai-je, bien que les sourcils y fussent aussi pour quelque chose. J'ai oublié de mentionner, je crois, qu'il avait les sourcils en broussaille... Je sentis que l'heure des mauvaises nouvelles allait sonner.

– Monsieur Wooster, fit-il, vous êtes le parfait modèle du jeune mondain.

– Merci beaucoup! répondis-je. Cela ressemblait fort, selon moi, à un compliment, et on aime bien, la plupart du temps, répondre à une civilité par une autre.

– Et, comme tous les jeunes gens de votre espèce, vous ne prenez aucun soin de votre santé. Vous buvez trop.

– Uniquement à l'occasion de libations spéciales, rétorquai-je. La nuit dernière, par exemple, j'ai prêté un coup de main à un de mes bons copains pour célébrer la réalisation du rêve de son amour naissant, si vous me suivez, et il se peut que je me sois un peu plus imbibé que d'habitude. Mais cela se produit rarement. Certaines personnes m'appellent « Wooster-qui-ne-boit-jamais-plus-d'un-Martini. »

Il ne sembla pas entendre mes franches et viriles déclarations, et continua sans y prêter la moindre attention.

– Vous fumez trop. Vous vous couchez trop

tard. Vous ne faites pas assez d'exercice. Tenez! à votre âge, vous devriez jouer dans l'équipe de rugby des anciens de votre école.

– On ne jouait pas au rugby à mon école.

– A quelle école étiez-vous?

– Eton.

– Oh, fit-il, et il fit cela comme s'il ne tenait pas Eton en très haute estime. Vous voyez bien! Vous cumulez toutes les erreurs que je viens de citer. Vous vous ruinez la santé de cent façons différentes. La catastrophe totale peut se produire d'un instant à l'autre!

– D'un instant à l'autre? chevrotai-je.

– D'un instant à l'autre!

– La catastrophe totale?

– La catastrophe totale! A moins que...

– A moins que?

J'eus tout à coup l'impression qu'il était sur le point de passer aux choses sérieuses...

– A moins que vous ne renonciez à cette existence insalubre. Allez à la campagne. Respirez du bon air. Couchez-vous de bonne heure. Et faites beaucoup d'exercice. Si vous ne le faites pas, je ne peux pas répondre des conséquences!

Il m'avait ébranlé. Lorsqu'un docteur – surtout s'il a des favoris – vous dit qu'il ne peut pas répondre des conséquences, ce n'est pas de la blague! Mais, je ne m'affolai pas pour autant. J'avais aussitôt conçu un plan pour suivre ses conseils sans douleur... Bertram Wooster est comme ça. Il ne prend même pas le temps de s'asseoir pour réfléchir.

– Est-ce que ça pourrait faire, demandai-je, si

je passais quelque temps chez ma tante dans le Worcestershire?

Il parut peser la question, en se grattant le nez avec son stéthoscope d'un air pensif. Je me souvins qu'il s'était déjà livré à cette opération plusieurs fois au cours de notre entrevue. Il était visiblement de la catégorie des « gratteurs », comme Barbara Frietchie. Il aurait sans doute plu au poète Nash...

– Je ne vois aucune objection à ce que vous alliez chez votre tante, pourvu que les conditions de votre séjour y soient favorables. Dans quelle partie du Worcestershire réside-t-elle?

– A côté d'un endroit appelé Market Snodsbury.

– Est-ce que l'air y est bon, au moins?

– S'il est bon! On y envoie des trains entiers d'excursionnistes pour le respirer.

– Vous mèneriez une vie tranquille?

– Pratiquement inconsciente!

– Vous ne veilleriez pas trop tard?

– Pas du tout! Le dîner de bonne heure, quelques instants de repos avec un bon livre, ou les mots croisés du jour, et vite au lit!

– Eh bien, allez-y. Faites selon votre idée.

– Splendide! Je lui passe un coup de fil tout de suite!

La tante à laquelle je faisais allusion était ma bonne et estimable tante Dahlia – à ne pas confondre avec ma tante Agatha, qui mange des bouteilles brisées, et que certains soupçonnent fort de se transformer en loup-garou au moment de la pleine lune. Ma tante Dahlia était la meilleure des tantes qui eût jamais crié « taïaut » derrière un renard – ce qui lui arrivait souvent, me dit-on, dans sa jeunesse, lorsqu'elle partait chasser avec la Quorn et le Pytchley *. Si elle s'était transformée en loup-garou, c'eût été l'un de ces joyeux loups-garous, pleins d'allant et de cordialité, qu'on a toujours plaisir à rencontrer dans un bois...

J'étais heureux qu'il eût donné le feu vert sans chercher à en savoir plus long. Un interrogatoire plus poussé aurait en effet pu révéler que tante Dahlia avait chez elle un cuisinier français de tout premier ordre. Or, il est bien connu que la première chose que fait souvent un docteur, quand vous vous flattez d'aller dans une maison où il y a un cuisinier français, c'est de vous mettre au régime.

– Eh bien, voilà! dis-je, tout ragaillardi. Merci pour votre aimable compréhension. Beau temps pour la saison, vous ne pensez pas? Au revoir, au revoir, au revoir.

Je lui glissai une bourse d'or dans la main, et m'en allai téléphoner à tante Dahlia. Plus question, bien sûr, d'aller à Brighton pour le déjeuner! Une rude tâche m'attendait – à savoir, soutirer une invitation à la tante en question, ce qui était parfois un exercice laborieux. Dans ses moments les plus sombres – lorsqu'elle était contrariée, disons, par une crise domestique –, il est même arrivé qu'on l'entendît me demander si je n'avais pas une maison à moi, et, si j'en avais une, pourquoi diable je n'y restais pas!

* Société de chasse à courre – *N.D.T.*

Je parvins à l'avoir au bout du fil – après les délais de rigueur, chose inévitable dès qu'on tente d'appeler un hameau perdu comme Market Snodsbury, où les téléphonistes sont exclusivement recrutés parmi la branche du Worcestershire de la famille Jukes...

– Allô, Très Vénérable Ancêtre, commençai-je, sur le ton le plus suave possible.

– Allô, toi-même, espèce de jeune lèpre de la civilisation occidentale! répondit-elle de cette voix vibrante qui lui servait jadis à réprimander les chiens de meute, lorsqu'ils prenaient un peu de récréation pour courir derrière les lapins.

– Qu'est-ce que tu as en tête? – si jamais tu en as une! Et, sois bref, parce que je suis en train de faire mes valises!

Ces paroles ne me plurent guère...

– Tes valises? fis-je. Tu vas quelque part?

– Oui, dans le Somerset. Chez des amis, les Briscoe.

– Flûte, alors!

– Pourquoi : flûte, alors?

– J'espérais pouvoir te rendre une petite visite.

– Eh bien, tu es marron pour cette fois-ci, jeune Bertie! Ce n'est pas possible! A moins que Tom et toi, vous ne vouliez réunir vos forces pour vous tenir compagnie.

Je répondis : « Hum, hum », à cette proposition... J'aime bien l'oncle Tom, mais l'idée de me trouver cloîtré, seul avec lui, dans sa case, ne m'attirait pas du tout. Il collectionne l'argenterie ancienne, et il est assez enclin à retenir les gens par le col de la veste, la main fébrile et le regard brillant, pour les soûler pendant des heures avec des histoires de bougeoirs, de foliation et de godrons, et mon intérêt pour toutes ces choses-là est ce qu'on pourrait qualifier de tiède.

– Non, dis-je. Merci pour ton aimable invitation, mais je prendrai une petite maison quelque part...

Aux clameurs qui frappèrent mon tympan, je compris qu'elle m'avait mal suivi.

– Qu'est-ce que c'est que c'est que ça? s'enquit-elle. Je ne saisis pas bien! Pourquoi faut-il que tu ailles quelque part? Chercherais-tu à échapper à la police?

– Non. Ordre du médecin!

– De quoi parles-tu? Tu as toujours été aussi solide que dix rocs réunis!

– Jusqu'à ce matin! A présent, j'ai plein de boutons sur la poitrine.

– Des boutons?

– Roses.

– Sans doute la lèpre.

– Le toubib ne le pense pas... Son point de vue est qu'ils sont dus au fait que je suis le parfait modèle du jeune mondain qui ne va pas au lit d'assez bonne heure. Il dit que je dois filer à la campagne! Aussi, aurai-je besoin d'une petite maison...

– Avec du chèvrefeuille grimpant sur la porte et la bonne vieille Madame la Lune qui regarde par la fenêtre?

– Quelque chose dans ce goût-là. As-tu quelque idée de la façon dont on s'y prend pour se procurer une petite maison répondant à une telle description?

– Je vais t'en trouver une. Jimmy Briscoe en a des douzaines! Et Maiden Eggesford, l'endroit où il habite, n'est pas très loin de la populaire ville balnéaire de Bridmouth/Mer, renommée pour son air vivifiant. Les cadavres, à Bridmouth/Mer, bondissent hors de leur bière pour danser autour du mai.

– Tout à fait ce qu'il me faut, on dirait.

– Je t'enverrai un mot dès que j'aurai la maison. Je suis sûre que Maiden Eggesford te plaira. Jimmy a une écurie de course, et il y a bientôt une réunion hippique à Bridmouth. Ainsi, non seulement tu auras de l'air pur, mais aussi de la distraction! Il y a un des chevaux de Jimmy qui doit courir et la plupart des gens avisés de la région ont placé tout leur argent dessus – bien qu'il y ait une autre école de pensée soutenant qu'il faut craindre quelque danger du côté d'un cheval appartenant à un certain M. Cook. Et maintenant, pour l'amour du ciel, arrête de bavarder! Je n'ai pas que ça à faire!

Jusqu'à présent, me dis-je en reposant l'ustensile, tout v.b. J'aurais préféré, bien sûr, résider chez la vénérable parente, dont le superbe chef Anatole mitonne des plats qui vous font monter l'eau à la bouche... Mais, nous autres Wooster, nous savons faire face quand il le faut. De plus, la vie dans une petite maison rustique, avec la vénérable p. juste au coin de la rue, ne serait pas tout à fait la même que dans une p.m. rustique sans personne pour venir faire un brin de causette avec Bertram, dans le but de l'instruire, d'élever son âme et de le distraire...

Tout ce qu'il me restait alors à faire était d'annoncer la nouvelle à Jeeves. Je dois dire que la perspective m'effrayait un peu...

Voyez-vous, nous avions presque décidé de nous rendre à New York pour une petite visite, et je savais à quel point il avait hâte de partir. Je ne saurais trop vous dire ce qu'il fait à New York, mais, quoi que ce soit, c'est une chose qui paraît lui procurer toujours beaucoup de plaisir. La déception, je le craignais, serait amère...

– Jeeves, dis-je, dès que je fus rentré au Q.G. Wooster. J'ai peur d'avoir de mauvaises nouvelles.

– Vraiment, Monsieur? Vous m'en voyez navré.

Un de ses sourcils s'était soulevé d'environ trois millimètres, et je compris à quel point il devait être ému – je ne me souvenais pas de l'avoir vu hausser un sourcil de plus d'un millimètre et demi. Il avait, bien sûr, conclu un peu hâtivement que le toubib m'avait donné trois mois à vivre – si ce n'est deux!

– Le diagnostic de M. Murgatroyd n'a pas été très optimiste?

Je me hâtai de lui ôter ses appréhensions.

– Si, si, au contraire! Très optimiste, en fait. Il a dit que les boutons, intrinsèquement... c'est bien « intrinsèquement »?

– C'est le terme exact, Monsieur.

– Son verdict a donc été que les boutons intrinsèquement, disais-je, ne comptaient guère que pour des prunes, comme l'on dit, et qu'il ne fallait pas trop s'en alarmer. Ils passeront comme passe la brise volage qui nullement n'inquiète...

– Quoi de plus réconfortant, Monsieur.

– Quoi de plus, en réalité. Mais, attendez un instant, Jeeves, avant de sortir danser dans la rue! Parce qu'il y a autre chose! C'est à cela que je faisais allusion lorsque j'ai parlé de mauvaises nouvelles. Je dois me retirer quelque temps à la campagne pour mener une vie un peu plus calme. Il dit que si je ne le fais pas, il ne répond pas des conséquences! Ainsi, je crains fort qu'il ne soit plus question de New York!

Le coup dut être très dur, mais il l'encaissa avec l'aisance nonchalante d'un chef sioux ficelé au poteau de torture. Aucun cri ne lui échappa – seulement un : « vraiment, Monsieur? »

Je m'efforçai de faire apparaître le côté riant de la chose.

– C'est une déception pour vous, sans doute, mais peut-être est-ce aussi bien ainsi! New York est un endroit, de nos jours, où tout le monde se fait assommer, ou tirer dessus, par un tas de jeunes gens mal élevés, et se faire assommer, ou tirer dessus, par un tas de jeunes gens mal élevés n'a jamais fait de bien à personne. Nous n'aurons pas ce genre d'ennui à Maiden Eggesford!

– Monsieur?

– C'est dans le Somerset. Ma tante Dahlia y fait un séjour chez des amis, et elle va me chercher une petite résidence campagnarde. C'est à côté de Bridmouth/Mer. Êtes-vous jamais allé à Bridmouth/Mer, Jeeves?

– Très souvent, Monsieur! Dans mon enfance. Et je connais bien Maiden Eggesford. Une de mes tantes y habite.

– Et une de mes tantes s'y trouve! Quelle coïncidence!

Je parlai sur un ton enjoué, car évidemment cela faisait plutôt mon affaire! Il avait dû considérer le projet d'aller à la campagne mener une vie de cloporte comme une retraite dans le désert. Mais la joie d'apprendre que la première chose sur laquelle ses yeux se poseraient serait sa vieille tante adorée avait dû être pour lui d'un grand réconfort.

Eh bien, tout allait pour le mieux...

Ayant annoncé la mauvaise nouvelle, je me sentis libre d'orienter la conversation vers d'autres sujets. Je pensai qu'il serait intéressé par le récit de ma rencontre avec Plank.

– Je viens d'avoir une forte émotion chez le Docteur, Jeeves!

– Vraiment, Monsieur?

– Vous souvenez-vous du major Plank?

– Le nom me semble vaguement familier, Monsieur, mais seulement vaguement...

– Réveillez le passé, Jeeves! Cette espèce d'explorateur qui m'accusait de vouloir lui extorquer cinq livres, et qui voulait appeler la police, lorsque vous êtes arrivé, en disant que vous étiez l'inspecteur Witherspoon, de Scotland Yard, et que j'étais un escroc notoire, que vous recherchiez depuis des siècles, plus connu sous le nom de « Joe le Tyrolien » parce que je portais toujours un chapeau tyrolien... Et, ensuite, vous m'avez emmené.

– Ah, oui, Monsieur. Je me souviens maintenant.

– Je l'ai rencontré ce matin. Il s'est souvenu de mon visage, mais c'est tout. Il a même soutenu que mon vrai nom commençait par Al.

– Une expérience très éprouvante pour vous, j'imagine, Monsieur.

– Oui. J'en ai été passablement secoué... C'est un grand soulagement de penser que je ne le verrai sans doute plus jamais...

– Je comprends sans peine votre émoi, Monsieur.

A quelque temps de là, tante Dahlia téléphona pour dire qu'elle avait trouvé la petite maison, et demander que je lui fisse savoir le jour où j'arriverais.

Et ainsi, commença ce que, je suppose, mes biographes appelleront : « L'Horreur de Maiden Eggesford » – ou, en d'autres termes, « le Curieux-Cas-du-Chat-qui-apparaissait-quand-on-s'y-attendait-le-moins... »

CHAPITRE IV

Je partis pour Maiden Eggesford dans le vieux coupé sport une paire de jours plus tard. Jeeves m'avait précédé avec les bagages, et serait donc là pour m'accueillir à l'arrivée, sans doute régénéré, et tout ragaillardi d'avoir pu communier à loisir avec sa tante.

Aussi fut-ce l'humeur radieuse que je me mis en chemin. Certes, le nombre de maniaques astigmates qui partageaient la route avec moi était plutôt supérieur à ce que j'aurais souhaité, mais il en eût fallu plus que cela pour rogner les ailes à mon euphorie – ainsi que j'ai entendu nommer la chose. Il n'aurait pas été possible d'imaginer plus belle journée – ciel bleu et soleil brillant de toutes parts – et, pour mettre encore plus de baume sur le tout, E. Jimpson Murgatroyd avait eu cent fois raison au sujet des boutons. Ils avaient entièrement disparu, sans laisser la moindre ligne de débris, et la peau de ma poitrine avait retrouvé sa blancheur d'albâtre habituelle.

Je parvins au bout du voyage à peu près à

l'heure du cocktail du soir, et jetai un premier coup d'œil sur le havre de paix rustique qui devait être la demeure Wooster pour une durée indéterminée.

Bien sûr, je m'étais un peu douté qu'il y aurait quelques différences subtiles, mais perceptibles, entre Maiden Eggesford et des villes touristiques telles que Paris ou Monte-Carlo, et un seul regard suffit pour m'informer que je n'avais pas fait erreur... C'était un de ces villages où il n'y a pas grand-chose à faire, si ce n'est descendre la rue principale pour contempler l'abreuvoir commémorant le jubilé, puis remonter la rue principale pour contempler l'abreuvoir commémorant le jubilé, vu de l'autre côté... Il aurait eu toute la faveur d'E. Jimpson Murgatroyd. Je l'imaginais en train de dire : « Mon vieux, voici le genre de trou qui convient tout à fait au parfait modèle du jeune mondain ! » L'air, autant que je pus en juger d'après mes premières bouffées, semblait à peu de chose près aussi pur qu'on pouvait le souhaiter, et j'envisageai sans trop de déplaisir la perspective d'un séjour salubre et vivifiant dans un pareil endroit.

Le seul reproche à lui faire est qu'il paraissait hanté... En effet, alors que je descendais de voiture, je crus voir très distinctement le spectre, ou le fantôme, du major Plank ! Il sortait de l'auberge locale, *l'Oie et la Sauterelle.* Tandis que je le suivais du regard, les yeux exorbités, il disparut au coin de la rue, me laissant, est-il besoin de le dire, dans un état plutôt agité. Je ne suis pas, comme il a été dit plus haut, prompt à m'alarmer, mais personne n'aime voir des spectres caracoler de-ci de-là... Pendant quelques instants, la jovialité de mon humeur s'en trouva plus qu'à demi entamée.

Néanmoins, je parvins à me ressaisir très vite. Simple illusion passagère, me dis-je. Après un bref raisonnement, je conclus à l'impossibilité de la chose : si Plank avait connu, depuis notre récente rencontre, une fin subite et prématurée, et amorcé une seconde carrière en tant que spectre, pourquoi venir hanter Maiden Eggesford, quand toute l'Afrique équatoriale lui était offerte? Il éprouverait une bien plus grande satisfaction à flanquer une sacrée trouille à tous ces indigènes qu'il avait de bonnes raisons de ne pas aimer beaucoup – les veuves et autres proches survivants du défunt roi des 'Mgombis, par exemple!

Réconforté par ces réflexions, je pénétrai dans la maison.

Un premier coup d'œil m'assura que tout y était parfait. J'imagine qu'elle avait dû être construite pour un artiste, ou quelqu'un comme ça. Elle était, en effet, dotée de tous les attributs modernes, depuis l'éclairage électrique jusqu'au téléphone. En fait, c'était moins une quelconque maison de campagne qu'un vrai petit bijou.

Jeeves était là, et le rafraîchissement qu'il me servit fut le bienvenu – par déférence pour E. Jimpson Murgatroyd, une bière au gingembre nature. Tout en la sirotant, je décidai de me confier à lui... Malgré la clarté avec laquelle j'avais conduit mon raisonnement, je n'étais pas encore tout à fait persuadé que ce que j'avais cru voir n'était pas un vrai fantôme! Il est exact qu'il m'avait paru de nature assez consistante, mais je crois savoir que les fantômes de première qualité donnent souvent cette sorte d'impression.

– Chose étrange, Jeeves, dis-je, j'aurais juré que j'ai vu le major Plank sortir de l'auberge, il y a un instant!

– Vous l'avez très certainement vu, Monsieur. Il est fort probable que le major Plank vienne au village. Il est l'hôte de M. Cook, d'Eggesford Court.

Pour un peu, je serais tombé à la renverse...

– Vous voulez dire qu'il est ici?

– Oui, Monsieur.

J'étais abasourdi. Quand il m'avait déclaré qu'il allait à la campagne, j'avais tout de suite supposé qu'il voulait parler de sa Résidence dans le Gloucestershire. Il n'y a aucune raison, bien sûr, pour que quelqu'un vivant dans le Gloucestershire n'aille pas à la campagne dans le Somerset. Tante Dahlia, qui vit dans le Worcestershire, était bien, elle aussi, en visite dans le Somerset. Il vous faut considérer ces choses-là sous tous les angles...

Néanmoins, cela me perturbait...

– Je ne suis pas du tout certain d'aimer ça, Jeeves.

– Non, Monsieur?

– Il pourrait finir par se souvenir de ce qui s'est passé lors de notre dernière rencontre.

– Il ne devrait pas vous être très difficile de l'éviter, Monsieur.

– Il y a du vrai dans ce que vous dites là, Jeeves! Toutefois, vos révélations m'ont causé un choc! Plank est la dernière personne que je souhaite avoir dans mon voisinage! Je pense, étant donné que mon système nerveux en a pris un sérieux coup, que nous pourrions mettre de côté cette bière au gingembre et la remplacer par un Martini-dry!

– Très bien, Monsieur,

– Murgatroyd n'en saura jamais rien!

– Absolument, Monsieur.

Puis, ayant respiré une quantité appréciable d'air pur, et jeté une paire de coups d'œil édifiants à l'abreuvoir commémorant le jubilé, je me mis au lit de bonne heure, selon les conseils avisés d'E. Jimpson Murgatroyd.

Les résultats de cette soumission aux ordres du docteur furent des plus remarquables. Vous pouvez dire ce que vous voulez de ses favoris et de cet air qu'il a toujours de revenir des funérailles de son meilleur ami, E. Jimpson connaît bien son affaire! Après environ dix heures de sommeil réparateur, je me levai d'un bond, me précipitai d'un saut dans la salle de bains, m'habillai prestement, une chanson aux lèvres, et me jetai sur le petit déjeuner comme un enfant de deux ans! Je venais de nettoyer les œufs au b., et de descendre les toasts et la marmelade jusqu'à la dernière miette, avec l'enthousiasme d'un tigre de la jungle qui dévore à belles dents sa ration de coolie, et j'étais en train de fumer une cigarette lénifiante, lorsque le téléphone sonna. La voix tonitruante de tante Dahlia résonna au bout du fil.

– Allô! Vieille Ancêtre! dis-je – et c'était plaisir de m'entendre, tant mes paroles pétillaient de gaieté mêlée de bienveillante affection. « Je vous souhaite très cordialement une excellente journée, vénérable parente! »

– Alors, tu es arrivé?

– En personne!

– Donc, tu es toujours vivant! Les boutons ne se sont pas encore avérés du genre fatal!

– Ils ont tout à fait disparu, l'assurai-je. Autant en emporte le vent!

– Tant mieux. Je n'aurais pas aimé présenter un neveu bigarré aux Briscoe! Ils veulent que tu viennes déjeuner chez eux aujourd'hui.

– Voilà qui est fort civil de leur part!

– Est-ce que tu as un col propre?

– Plusieurs, ainsi que des chemises immaculées qui vont avec...

– Surtout, ne mets pas cette cravate du club des Bourdons!

– Certainement pas, acquiesçai-je. Si la cravate du club des Bourdons a un défaut, c'est bien d'être d'un coloris un petit peu criard... Il ne faudrait pas la faire surgir trop subitement devant des personnes nerveuses, ou de santé fragile, et je n'avais aucun moyen de savoir si Mme Briscoe n'entrait pas dans l'une ou l'autre de ces catégories.

– A quelle heure, le début des réjouissances?

– Treize heures trente.

– Compte sur moi! J'y serai, avec mes cheveux tressés en une superbe natte!

L'invitation témoignait d'un esprit de bon voisinage auquel j'applaudissais de tout cœur, et j'en fis part à Jeeves.

– M'ont l'air plutôt bons bougres, ces Briscoe!

– Je pense que les gens sont unanimes pour en dire le plus grand bien, Monsieur.

– Tante Dahlia n'a pas dit où ils habitaient.

– A Eggesford Hall, Monsieur.

– Comment y va-t-on?

– On longe la rue principale du village jusqu'à la grand-route, puis on tourne à gauche. Vous ne pouvez pas vous tromper. Il s'agit d'une grande bâtisse dans un immense parc... C'est une promenade d'environ un mile et demi, si Monsieur a l'intention de s'y rendre à pied.

– Je crois qu'il vaudrait mieux. Murgatroyd y serait favorable. Et vous, j'imagine, profiterez de mon absence pour aller un peu tenir compagnie à votre tante? Est-ce que vous l'avez vue, depuis que vous êtes ici?

– Non, Monsieur. J'ai appris par l'intermédiaire de la demoiselle qui tient le bar de *l'Oie et la Sauterelle* – où je fis une brève halte le soir de mon arrivée – qu'elle était partie à Liverpool pour ses vacances annuelles.

– Liverpool! Fichtre! On a parfois l'impression, ne trouvez-vous pas, que toutes ces tantes ne vivent que pour le plaisir!

Je partis de bonne heure. Si ces Briscoe souhaitaient cultiver la société de Bertram, je comptais leur en offrir le plus possible...

Ayant atteint la grand-route – là où Jeeves m'avait dit de tourner à gauche –, je me dis que je ferais peut-être mieux de vérifier l'information... Il avait paru certain de ses dires, mais il est toujours bon d'avoir une deuxième opinion. Je découvris alors qu'il m'avait bel et bien lancé sur une fausse piste : J'accostai un centenaire qui passait par là – tout le monde à Maiden Eggesford donnait l'impression d'avoir autour de cent cinquante ans, sans doute à cause du bon air, et il me dit : « A droite » – ce qui prouve que même Jeeves peut se tromper.

Il y avait un point, toutefois, sur lequel il n'avait pas fait erreur. « Une grande bâtisse », avait-il dit, dans un « immense parc »... Or, je devais avoir parcouru environ un mile et demi, lorsque je parvins en vue d'une telle bâtisse dans un parc tel qu'il l'avait décrit. Il y avait un portail s'ouvrant sur une grande allée, et je venais de m'engager sur cette dernière lorsque je réalisai que je pouvais gagner du temps en coupant en rase campagne, car la maison que j'apercevais à travers les arbres était nettement au Nord-Nord Est. Ces allées sont incurvées de façon à impressionner le visiteur... « Ma parole, se dit le visiteur, cette allée doit bien faire un bon kilomètre! Ça montre combien le type doit être riche! »

Chantais-je chemin faisant? Je n'en ai aucun souvenir. Il est plus probable que je sifflotais. De toute manière, ma progression était rapide. Je venais juste de parvenir au niveau de ce qui semblait être des écuries, lorsque, sortant de nulle part, apparut un chat; c'était un chat d'aspect assez spécial. Sa teinte générale était le noir, mais il avait des taches blanches sur les côtes et à l'extrémité du museau. Je m'approchai de lui en gazouillant, et en faisant des petits ronds avec les doigts, selon mon habitude en pareille occasion. Il s'avança vers moi, la queue en l'air, et se frotta le museau contre ma jambe d'une manière qui indiquait bien à quel point il était certain d'avoir reconnu en ce bon vieux Bertram une authentique âme sœur...

Son intuition, d'ailleurs, ne l'avait pas trompé. Un des premiers poèmes que j'aie jamais appris – je ne sais pas qui l'a écrit, sans doute Shakespeare, disait :

J'aime Petit Minou, tant est doux son beau poil.
Quand on ne l'ennuie pas, il ne fait aucun mal.

Et il en a été ainsi toute ma vie. Demandez à n'importe quel chat ayant eu affaire à moi quel genre de type je suis, et il vous répondra que, d'un point de vue de chat, je suis tout à fait le brave zigue en qui on peut placer sans danger toute sa confiance. Les chats qui me connaissent bien, comme celui de ma tante Dahlia, Auguste, ne manqueront pas de faire allusion à mon extrême habileté pour les gratter derrière l'oreille.

Je grattai donc celui-ci derrière l'oreille. Il accueillit la délicate attention avec une reconnaissance évidente en faisant entendre un ronronnement pareil au bruit du tonnerre dans le lointain... La cordialité de nos relations ainsi établie, j'en venais à ce que vous pourriez appeler « La phase

Deux des opérations » – à savoir, le prendre dans mes bras afin de lui chatouiller le ventre –, lorsqu'un « hé! » lancé par une voix de stentor fendit en deux la voûte céleste!

Il y a de nombreuses façons de faire : « hé! ». En Amérique, c'est une formule de salutation amicale, très souvent employée pour dire : « salut! ». Deux amis se rencontrent. L'un d'eux fait : « hé, Bill! ». L'autre répond : « hé, George! ». Alors, Bill dit : « Comment vas-tu par cette chaleur? », et George dit que ce qui le dérange, c'est moins la chaleur que l'humidité, et tous deux continuent leur chemin.

Mais ce « hé! »-là était de tout autre nature. Je ne pense pas que les tribus de sauvages que fréquente le major Plank se jettent dans la bataille en criant : « hé! », mais, le feraient-ils, que le bruit serait sans doute comparable au rugissement barbare qui venait d'éclater dans mon dos... Me retournant en sursaut, j'aperçus une espèce de demi-portion, le visage écarlate, qui brandissait un stick de chasse dont l'aspect ne me dit rien qui vaille... Je n'ai jamais été très amateur de sticks de chasse, depuis le jour où, encore tout jeune, je fus poursuivi sur un bon mile – et, de plus, sur terrain lourd – par un de mes oncles muni d'un tel instrument, parce qu'il m'avait surpris en train de fumer un de ses cigares. Par temps très frais, les vieilles blessures se réveillent encore...

Mais, cette fois-ci, je ne me sentais pas trop inquiet : c'était là, pensai-je, ce colonel Briscoe qui m'avait invité à déjeuner, et, bien qu'il semblât, à le voir dans cet état, qu'il aurait pris grand plaisir à me disséquer à l'aide d'un couteau émoussé, la situation ne pouvait manquer de s'éclaircir dès que je ferais mention de mon nom... Quand vous invitez un type à déjeuner, veux-je dire, vous ne vous mettez pas à l'assaillir ni à lui taper dessus avec un stick de chasse dès l'instant où il se présente au portillon!

Je fis donc mention de mon nom – en étant un peu surpris, tout de même, par la taille de l'individu... J'avais toujours pensé que les colonels étaient taillés sur le modèle légèrement au-dessus... Toutefois, je suppose qu'il en existe de tous les formats. C'est comme pour les pommes de terre – ainsi, d'ailleurs, que pour les jeunes filles. Vanessa Cook, par exemple, était d'un calibre que je qualifierai d'avantageux, alors que d'autres, qui avaient aussi repoussé ma candidature en diverses occasions, étaient pratiquement des naines...

– Wooster Bertram! fis-je, en me frappant la poitrine.

Je m'attendais à voir s'apaiser illico ce bouillonnement de passions primitives, ainsi qu'à un éventuel cri de joie accompagné d'un éclatant sourire de bienvenue, et d'un : « Comment allez-vous, cher ami? Comment allez-vous? » Mais il n'en fut rien... Il resta en état d'ébullition, et je vis que son visage avait pris une teinte violette assez jolie à regarder.

– Qu'est-ce que vous faites avec ce chat? lança-t-il d'une voix étranglée.

Je parvins à conserver mon calme et ma

dignité. Son ton ne me plaisait guère, mais il est fréquent que le ton des gens ne vous plaise guère...

– Je passais seulement un petit moment..., fis-je, de cette manière suave dont j'ai le secret.

– Vous vouliez filer avec!

– Je voulais quoi avec?

– Le voler!

Je le contemplai de toute ma hauteur... et je n'aurais pas été des plus surpris si mes yeux avaient alors jeté quelques éclairs. Je me suis vu accusé de bon nombre de choses au cours de mon existence, le plus souvent par ma tante Agatha, mais jamais de voler des chats. L'accusation blessa profondément la fierté woostérienne. Des paroles brûlantes se pressèrent sur le bout de ma langue, mais je les y retins à l'état de statu quo, selon l'expression usuelle. Après tout, l'homme était mon hôte.

Faisant un effort en faveur de l'apaisement, je dis :

– Vous me méjugez, Colonel! Jamais je ne ferais pareille chose!

– Si, vous la feriez! Si, vous la feriez! Si, vous la feriez! Et ne m'appelez pas : Colonel!

C'était, il faut le dire, assez peu encourageant comme début, mais je tentai un nouvel essai :

– Belle journée!

– Je me fous de la journée!

– Les récoltes s'annoncent bien?

– Je me fiche des récoltes!

– Comment va ma tante?

– Pourquoi diable voulez-vous que je sache comment va votre tante?

Je trouvai cela tout de même un peu fort... Quand vous avez, parmi vos invités, la tante de quelqu'un, vous devriez être à même de fournir à ceux qui vous le demandent un bulletin, aussi succinct soit-il, de son état de santé! Je commençais à me demander vraiment si le gringalet avec qui je faisais ce brin de causette n'avait pas le premier étage légèrement vermoulu. Il ne faisait aucun doute qu'au stade atteint alors par notre conversation il aurait éveillé l'intérêt professionnel de n'importe quel spécialiste diplômé des maladies mentales.

Mais je ne renonçai toujours pas. Nous autres, les Wooster, nous ne renonçons jamais. J'essayai une nouvelle piste.

– C'est tout à fait aimable de votre part de m'inviter à déjeuner, risquai-je.

Je n'irai pas jusqu'à dire que sa bouche se mit à écumer, mais il fut évident, toutefois, que mes paroles lui avaient déplu...

– Moi, vous inviter à déjeuner? Vous inviter à *déjeuner,* moi? mais je ne vous inviterais pas à déjeuner...

Je pense qu'il était sur le point d'ajouter, au moins, « pour cent pétards! », lorsque, à cet instant précis, une robuste voix de ténor s'éleva dans l'arrière-scène, interprétant ce qui ressemblait fort à un air à la mode tiré d'une comédie musicale d'Afrique équatoriale. L'instant d'après, le major Plank apparut! Les écailles me tombèrent soudain des yeux : la présence de Plank en ces lieux signifiait que j'étais loin du territoire des Briscoe! En perdant ma foi en Jeeves, et en tournant à droite, une fois sur la grand-route, et non à gauche, comme il me l'avait dit, je m'étais trompé de crèmerie. Je fus d'abord tenté de rejeter le blâme sur le centenaire, mais nous autres Wooster sommes des gens intègres : je me souvins de lui avoir demandé le chemin pour Eggesford Court – ce qui était à n'en pas douter le nom de cette baraque. Or, si vous dites : Court au lieu de dire : Hall, la méprise est inévitable.

– Bon sang! fis-je, en proie à la plus extrême des confusions. Vous n'êtes pas le colonel Briscoe?

Ce coup-ci, il ne daigna même pas répondre. Ce fut Plank qui parla :

– Tiens! Salut Wooster! fit-il. Qui aurait pensé vous trouver ici? Je ne savais pas que vous connaissiez Cook!

– Vous, vous le connaissez? fit le type de couleur violette, visiblement éberlué à l'idée que je pusse, si j'ose dire, avoir une seule relation respectable...

– Bien sûr, je le connais! L'ai rencontré, chez moi, dans le Gloucestershire!... bien que j'aie oublié ce qu'il y faisait. Mais, ça me reviendra! Pour l'instant, tout ce que je sais, c'est qu'il a changé de nom. C'était quelque chose qui commençait par : Al., et maintenant c'est Wooster. Je suppose que son nom d'origine était si horrible qu'il n'a plus pu le supporter! J'ai connu un type dans ce cas, au Club des Explorateurs Réunis, qui changea de nom – il s'appelait Buggins, et il prit celui de Westmacote-Trevelyan. J'ai trouvé qu'il avait bien fait – quoique ça ne lui ait pas porté chance, le pauvre bougre, à peine commençait-il à s'habituer à signer ses reconnaissances de dettes : « Gilbert Westmacote-Trevelyan » qu'il s'est fait tailler en pièces par un lion! Enfin, c'est la vie! Comment ça s'est passé chez le docteur, Wooster? C'était bien la peste bubonique?

– Non, dis-je, pas la peste bubonique – et il dit qu'il était ravi de l'apprendre parce que la peste bubonique, de l'avis de tout le monde, ça n'était pas une partie de plaisir.

– Vous séjournez par ici?

– J'ai pris une petite maison dans le village.

– Dommage. Vous auriez pu être des nôtres. Auriez tenu compagnie à Vanessa... Mais, vous accepterez bien de rester au moins à déjeuner? dit Plank, qui semblait penser qu'un invité a le droit de lancer des invitations à la table de son hôte – ce qui ne se fait pas, ainsi qu'il aurait pu l'apprendre dans n'importe quel bon livre d'étiquette.

– Désolé! fis-je. Je dois déjeuner à Eggesford Hall, chez les Briscoe.

Ces paroles amenèrent le Père Cook – qui était resté quelque temps silencieux, sans doute à la suite de petits ennuis avec ses cordes vocales, à renifler très distinctement...

– Je m'en doutais! J'avais raison! Je savais que vous étiez l'homme de main de Briscoe!

– De quoi parlez-vous, Cook? demanda Plank, qui n'était pas dans le coup...

– Peu importe de quoi je parle! Je sais de quoi

je parle! Cet homme-là est à la solde des Briscoe! Il est ici pour voler mon chat!

– Pourquoi voudrait-il voler votre chat?

– Vous savez bien pourquoi il voudrait voler mon chat. Vous savez aussi bien que moi que Briscoe ne recule devant rien! Regardez cet homme! Regardez ce visage! On peut lire le mot « coupable » écrit en toutes lettres! Surveillez-le, Plank, pendant que je téléphone à la police.

Et, sur ces mots, il décampa.

J'avoue m'être senti assez mal à l'aise en l'entendant demander à Plank de me surveiller. J'avais déjà une certaine expérience des méthodes qu'utilisait Plank pour surveiller les gens. Je crois avoir fait mention plus haut, que lors de notre précédente rencontre, il avait proposé de me surveiller à l'aide d'un casse-tête zoulou. Or, sa main serrait maintenant une solide canne qui, sans être un casse-tête zoulou, était, à première vue, ce qui s'en rapprochait le plus... Par chance, Plank était, semblait-il, dans un de ses bons jours.

– Ne faites pas attention à Cook, Wooster! Il n'est pas dans son état normal. Il vient d'essuyer quelques revers domestiques. C'est pour ça qu'il m'a demandé de venir ici. Il pensait que je pourrais l'aider de mes lumières. Il s'était laissé convaincre de permettre à sa fille Vanessa d'aller vivre à Londres pour y étudier à l'école des Beaux-Arts de Slade, si tel est bien le nom qu'on lui donne, et elle s'y est fait des relations douteuses... Elle s'est même fait pincer par la police et tout ce qui s'ensuit... Alors, Cook a voulu jouer les pères nobles. La fille s'est fait sérieusement secouer les puces, et il l'a ramenée au bercail, et il lui a dit qu'elle resterait tant qu'elle n'aurait pas pris un peu de plomb dans la cervelle. Elle n'aime pas trop ça, mais je lui ai dit qu'elle avait de la chance de ne pas être en Afrique équatoriale parce que, là-bas, quand une fille fait des frasques, son père lui coupe la tête et l'enterre dans le jardin potager... Bon, eh bien, navré de devoir vous quitter, Wooster, mais je crois que vous feriez mieux de vous en aller en vitesse. Je ne pourrais pas vous affirmer que Cook va revenir avec un fusil de chasse, mais, on ne sait jamais... Je partirais, si j'étais vous.

Son conseil me parut judicieux. Je le suivis.

CHAPITRE V

Je mis le cap sur ma petite chaumière, pour y prendre ma voiture. J'avais cinq bons kilomètres à faire en traînant les pieds pour retourner à la case « départ », et je me promettais, une fois rendu, de mettre les muscles des jambes un peu au repos. Si ça ne plaisait pas à E. Jimpson Murgatroyd, il n'aurait qu'à se faire cuire deux œufs au plat.

J'avais, surtout, hâte de me retrouver avec Jeeves pour voir ce qu'il dirait de la terrible épreuve que je venais de subir – il aurait fallu remonter à ce qu'il est convenu d'appeler « la semaine des quatre jeudis » pour retrouver dans ma carrière une autre ép. aussi éprouvante que celle-ci !

Je ne comprenais rien à l'attitude du Père Cook. La théorie de Plank, selon laquelle son acidité venait du fait que Vanessa s'était fait des relations douteuses dans la capitale, me semblait relever de la plus pure foutaise. Si votre fille, veux-je dire, manque de discernement dans le choix de ses relations, et se met à tabasser les agents de police, vous n'accusez pas pour autant la première personne qui vous tombe sous la main de voler des chats! Les deux choses ne sont pas liées!

– Jeeves, fis-je, dès que j'eus franchi la ligne d'arrivée et me fus coulé dans le premier fauteuil venu, répondez avec franchise à la question que je vais vous poser. Cela fait pas mal de temps, n'est-ce pas, que vous me connaissez?

– Oui, Monsieur.

– Vous avez eu tout le loisir d'étudier ma psychologie?

– Oui, Monsieur.

– Eh bien, diriez-vous que je suis un type à voler des chats?

– Non, Monsieur.

Je fus plus que partiellement enchanté par la netteté de sa réponse. Aucune hésitation, aucun toussotement, un « non, Monsieur », franc et direct.

– Tout à fait les paroles que j'attendais de vous. Et, tout à fait les paroles qu'aurait eues n'importe qui du club des Bourdons, ou d'ailleurs. Et pourtant, c'est bien de vol de chat que je viens d'être accusé.

– Vraiment, Monsieur?

– Par une espèce d'avorton avec une figure toute rouge, appelé Cook. Et je me mis sur-le-champ – l'expression ne pouvait pas être mieux choisie – à lui narrer l'ép. ép. dont je sortais, en passant avec discrétion sur le fait que je ne m'étais pas fié à ses indications une fois parvenu sur la grand-route... Il m'écouta d'une oreille attentive, et, quand j'eus terminé, il fut aussi près d'esquisser un sourire qu'il lui est possible de l'être... C'est-à-dire qu'un muscle frémit légèrement au coin de sa bouche, comme si un quelconque objet volant, tel un moustique, par exemple, l'avait effleuré en passant.

– Je pense avoir une explication, Monsieur.

Cela paraissait incroyable! Je crus un instant que j'étais le Docteur Watson en train d'écouter Sherlock Holmes lui parler des cent quarante-sept variétés de cendres de cigare, et du temps que prend le persil pour s'enfoncer dans le beurrier.

– C'est stupéfiant, Jeeves, fis-je. Le Professeur Moriarty n'aurait pas résisté une minute avec vous! Voulez-vous vraiment dire que toute les pièces du puzzle sont rassemblées dans votre esprit, et que chacune a trouvé sa place?

– Oui, Monsieur.

– En un mot, vous savez tout?

– Oui, Monsieur.

– Renversant.

– Élémentaire, Monsieur, j'ai trouvé chez les habitués de *l'Oie et la Sauterelle* une source de renseignements très coopérative.

– Ah! Vous avez demandé aux piliers de l'arrière-salle?

– Oui, Monsieur.

– Et que vous ont-ils dit?

– Il semble qu'il y ait de vieilles rancunes entre M. Cook et le colonel Briscoe.

– Vous voulez dire qu'ils ne s'aiment pas trop?

– C'est cela même, Monsieur.

– Je suppose que c'est souvent ce qui arrive à la campagne : pas grand-chose d'autre à faire, semble-t-il, que de traiter son voisin de vieille teigne pour tuer le temps !

– Il se peut que vous disiez vrai, Monsieur, mais, dans le cas présent, l'hostilité a des fondements plus solides, du moins de la part de M. Cook. Le colonel Briscoe est le Président du corps des magistrats. Or, en sa qualité de Président, il a infligé à M. Cook une amende substantielle pour avoir transporté ses cochons sans autorisation.

Je hochai la tête d'un air entendu... Je voyais très bien quelles rancœurs cela pouvait avoir suscitées... Je n'élève pas de cochons moi-même, mais, le ferais-je, que je serais contrarié à l'extrême s'il ne m'était pas possible de leur offrir un petit changement d'air et de décor sans obtenir l'autorisation d'un corps de magistrats ! Sommes-nous en Russie ?

– En outre...

– Ah ? Parce qu'en plus, il y a une outre ?

– Oui, Monsieur. En outre, ils sont tous deux propriétaires de chevaux de course, et leur rivalité leur fournit une source de friction supplémentaire.

– Pourquoi donc ?

– Pardon, Monsieur ?

– Je ne vois pas pourquoi ! La plupart de ces gros propriétaires sont très copains entre eux ! Ils s'aiment comme des frères !

– Les gros propriétaires, oui, Monsieur. Il en va autrement avec ceux dont les activités se limitent à de petites réunions locales. La rivalité est alors plus vive et plus personnelle. Lors de la prochaine épreuve à Bridmouth/Mer, la course – toujours d'après mes informateurs de *l'Oie et la Sauterelle* – sera un duel serré entre Simla, du colonel Briscoe, et Pomme Frite, de M. Cook. Tous les autres concurrents sont négligeables. Par conséquent, à l'approche de l'Épreuve, la friction entre les deux Messieurs n'est pas peu grande, et il est d'une vitale importance pour tous les deux que rien ne vienne perturber l'entraînement de leur cheval respectif. Une stricte attention apportée à l'entraînement est essentielle. Notez bien, il n'avait pas besoin de me le dire... Un vieux renard comme moi sait combien est vitale la stricte attention apportée à l'entraînement pour réussir dans le domaine du turf. Je n'ai pas oublié la fois où, chez Tante Dahlia, dans le Worcestershire, j'avais misé gros sur la nièce du jardinier, Marlène Cooper, dans la course à l'œuf et à la cuillère pour les filles de moins de quinze ans, à l'occasion de la fête sportive du village, et où celle-ci décida d'interrompre l'entraînement la veille de la rencontre pour manger plusieurs livres de groseilles vertes, et attrapa un tel mal au ventre qu'elle ne put se présenter au poteau de départ...

– Il est vrai, Jeeves, fis-je, que tout cela est d'un intérêt captivant, mais, ce que j'aimerais savoir, c'est pourquoi Cook s'est mis dans un état aussi frénétique à propos de ce chat. Il aurait fallu que vous fussiez là pour voir sa tension artérielle! Elle est montée comme une fusée! Il n'aurait sans doute pas montré plus d'émoi s'il avait été un de ces gros bonnets des Affaires Étrangères – et moi une dame mystérieuse, dégageant un lourd parfum exotique, le visage caché derrière une épaisse voilette, qu'il aurait surprise en train de s'enfuir avec le Traité des Forces Navales... »

– J'ai le plaisir de vous informer que je puis aussi vous fournir la clé de ce problème, Monsieur. Il se trouve qu'un des habitués de *l'Oie et la Sauterelle*, avec qui j'ai fraternisé, est au service de M. Cook, et m'a fourni tous les faits concernant cette affaire. Ce chat était un chat perdu. Il est apparu, un jour, dans la cour de l'écurie, et Pomme Frite a tout de suite sympathisé avec lui. Ceci n'est pas inhabituel, crois-je comprendre, chez les chevaux de très grande race – bien que ce soit le plus souvent une chèvre, ou un mouton, qui suscite leur affection...

Ceci était tout à fait nouveau pour moi. La première fois que j'en entendais parler...

– Une chèvre? dis-je.

– Oui, Monsieur.

– Ou un mouton?

– Oui, Monsieur.

– Vous voulez dire : « Le coup de foudre? »

– En quelque sorte, Monsieur.

– Quels ânes, ces chevaux, Jeeves!

– Leur mentalité ne manque pas de prêter le flanc à quelque critique, Monsieur.

– Quoique, après plusieurs semaines à ne voir que Cook et des garçons d'écurie, j'imagine que même un chat doit être le bienvenu. Et je présume que leur amitié a mûri?

– Oui, Monsieur. Le chat dort maintenant toutes les nuits dans la stalle du cheval, et il est toujours là pour l'accueillir lorsqu'il revient de son entraînement quotidien.

– L'invité d'honneur, si je comprends!

– Tout à fait à l'honneur, Monsieur.

– On a déployé le tapis rouge sous ses pas, pourrait-on dire... Bizarre! J'aurais pensé qu'un vampire tel que Cook, mis en présence d'un chat perdu, lui aurait fait vider les lieux d'un seul coup de pied...

– Il se produisit en fait un événement de cet ordre-là, me dit mon informateur, mais le résultat fut désastreux. Pomme Frite devint apathique et refusa toute nourriture, jusqu'au jour où le chat revint, et le cheval retrouva du même coup sa vitalité perdue et son bel appétit.

– Mince, alors!

– Oui, Monsieur. Je fus aussi très surpris quand on me rapporta cette histoire.

Je me levai. L'heure tournait, et il me semblait voir les Briscoe, le nez pressé contre les carreaux de la fenêtre du salon, occupés à scruter l'horizon en se disant que leur Wooster devrait être déjà là depuis un moment.

– Eh bien, merci beaucoup, Jeeves, dis-je. Avec votre « je-ne-sais-quoi » habituel, vous avez jeté la lumière sur ce qui aurait pu rester à jamais un mystère insoluble. Sans vous, j'aurais passé de nombreuses nuits blanches à me poser la question : « A quoi donc ce diable de Cook croyait-il jouer? » Je me sens maintenant un peu mieux disposé à son égard. A vrai dire, je n'aurais toujours pas envie d'aller faire une longue randonnée pédestre avec un pareil foutriquet, et s'il présente un jour sa candidature au club des Bourdons, je me ferai un plaisir de le blackbouler, mais je conçois son point de vue. Il me trouve en train d'empoigner son chat. Il apprend que je suis un bon copain de son rival mortel, le colonel Briscoe, et, bien sûr, il suppose qu'il y a du traquenard dans l'air... Pas étonnant qu'il hurlât comme un damné en brandissant ce stick de chasse! Il mérite même les plus grands éloges pour ne pas m'en avoir flanqué une bonne demi-douzaine de coups sur le dos!

– Cette largesse d'esprit vous honore, Monsieur.

– Il faut toujours s'efforcer de se mettre à la place de l'autre type, Jeeves. Et souvenez-vous... souvenez-vous de quoi, Jeeves?

– Que « Tout comprendre, c'est tout pardonner ».

– Merci, Jeeves.

– Il n'y a pas de quoi, Monsieur.

– Et maintenant, en avant toute pour Eggesford Hall!

Si vous vous renseignez sur moi dans les milieux que je fréquente, on vous dira partout que je suis l'être le plus sociable qui soit, toujours heureux de serrer la main d'une figure nouvelle, si je puis dire. C'est donc l'humeur pour le moins joyeuse que j'aurais dû stopper le vieux coupé devant la porte d'Eggesford Hall. Mais, tel n'était pourtant pas le cas... Pourtant, rien dans les figures nouvelles assises autour de moi ne pouvait engendrer la mélancolie. Il s'avéra que le colonel Briscoe était le plus accueillant des hôtes, et Madame la colonelle Briscoe la plus accueillante des hôtesses. Parmi les personnes présentes, il y avait aussi, en plus de tante Dahlia, le frère du Colonel, le révérend Ambrose Briscoe, et la fille de ce dernier, Angélique, une accorte et jeune personne, dont, n'eussé-je été aussi préoccupé, je serais probablement tombé amoureux. Bref, nul n'aurait pu souhaiter compagnie plus agréable...

Mais, c'était là l'ennui : j'étais préoccupé!

Ce n'était pas tellement le fait de me trouver en quelque sorte porte à porte avec Vanessa Cook qui me tracassait. Il me serait sans doute difficile d'aller n'importe où en Angleterre sans y trouver une fille qui ait refusé de m'épouser à un moment ou à un autre de ma vie. J'en ai rencontré dans des endroits aussi éloignés l'un de l'autre que Bude, en Cornouaille, et Sedbeigh, dans le Yorkshire. Non, ce qui préoccupait l'esprit woostérien, c'était la pensée de Papa Cook et de son stick de chasse. La sensation d'être en mauvais termes avec un homme qui pouvait devenir fou furieux d'un instant à l'autre, et qui, si cela arrivait, foncerait tout droit sur Bertram, était loin d'être agréable. Le résultat fut que je ne brillai guère au cours de la C. à la table du festin! Le repas était succulent, et le porto par lequel il fut conclu à n'en pas douter de tout premier ordre, et, devant l'entrain que je mettais à me remplir, E. Jimpson Murgatroyd aurait eu un haut-le-corps! Mais, à vouloir juger Bertram sur la vivacité de sa conversation, ce jour-là, ce fut le désastre complet... L'esprit de mon hôte, et de mon hôtesse, dut être traversé, à un stade assez précoce des opérations, par un vague sentiment qu'ils accueillaient à leur table un moine trappiste doté d'un solide appétit!

Que cette pensée n'eût pas manqué de traverser aussi l'esprit de tante Dahlia me fut spécifié, avec toute la clarté requise, lorsque, le repas terminé, elle me proposa de faire un petit tour dans ce que Jeeves avait qualifié d'« immense parc ». Là elle me rembarra avec vigueur, selon cette vieille habitude qui est la sienne de ne jamais mâcher ses mots... Depuis ma petite enfance, elle a toujours été ma meilleure amie, et mon plus sévère juge, et, quand elle réprimande un neveu, elle le réprimande bien...

Elle parla comme suit – ses manières et sa diction rappelant celles d'un sergent major qui s'adresse à de nouvelles recrues :

– Qu'est-ce qui t'arrive, espèce de pauvre reptile? Moi qui avais dit à Elsa et à Jimmy que mon neveu avait peut-être l'air d'un flétan à moitié idiot, mais que dès l'instant où il ouvrirait la bouche, leur avais-je dit, ils seraient pliés en quatre! Et que se passe-t-il? Des reparties? Des boutades? Des remarques saillantes? Non, Monsieur! Monsieur reste là, assis, à masticoter, sans arrêt, à demi abruti de nourriture, sans faire entendre d'autre son que le bruit de ses mâchoires en action! J'ai eu la sensation d'être un imprésario de puces savantes qui, après avoir fait une publicité monstre pour sa star numéro un, la voit, au bout du compte, oublier son texte le soir de la grande première!

Je baissai la tête, gagné par la honte, sachant combien la réprimande était justifiée. Ma contribution à ce que j'ai entendu Jeeves nommer « La Fête de la Raison », ou encore « L'Épanchement de l'Ame » avait été – comme je l'ai indiqué – à peu près semblable au silence obstiné qu'on aurait pu attendre d'un Anglais frappé d'amygdalite.

– Et la façon dont tu t'es attaqué à ce porto! Tu faisais penser à un chameau qui arrive dans une oasis après un long voyage dans les sables du désert! On aurait dit que Jimmy t'avait passé le mot en douce pour que tu vides sa cave le plus vite possible afin qu'il puisse en faire une salle de jeux! Si c'est ça la façon dont tu te comportes à Londres, pas étonnant que tu sois envahi de boutons! Je suis surprise que tu puisses encore marcher!

Elle avait raison. Je devais l'admettre.

– Tu n'as jamais vu, fit-elle, une pièce intitulée *Dix nuits dans un bar*?

Je ne pus en supporter davantage...

– Je suis désolé, Vénérable Parente. Tout ce que tu dis là est vrai! Mais, aujourd'hui, je ne suis pas moi-même.

– Eh bien, c'est une chance pour tout le monde!

– Je suis ce qu'on pourrait appeler : fortement perturbé.

– Tu es ce que je pourrais appeler : une vraie loque!

– J'ai dû subir une terrible épreuve ce matin.

Et, sans ambages – ou bien est-ce « sans emballage » ? je ne m'en souviens jamais – je lui narrai mon histoire de Cook-et-du-Chat.

Je la narrai bien... Il ne fit aucun doute que j'éveillai son intérêt quand j'en vins au passage dans lequel Jeeves avait élucidé le mystère de l'influence du chat sur le cours des événements...

– Est-ce que tu veux dire, glapit-elle, que si tu avais enlevé ce chat...

Là, je dus l'interrompre avec quelque sévérité... En dépit de la clarté avec laquelle j'avais pris soin de lui conter l'histoire, il me sembla qu'elle avait interprété mon récit de travers...

– Il était tout à fait hors de question, vieille ancêtre, que j'enlevasse le chat ! Je faisais seulement preuve de civilité en lui gratouillant le ventre !

– Mais, es-tu certain que si jamais quelqu'un l'embarquait par erreur, c'en serait fini de l'entraînement de Pomme Frite ?

– C'est ce que m'a rapporté Jeeves, et il le tient de source sûre du bar de *l'Oie et la Sauterelle.*

– Hum !

– Pourquoi fais-tu : Hum ?

– Ha !

– Pourquoi fais-tu : Ha ?

– Peu importe pourquoi...

Mais cela m'importait tout de même. Lorsqu'une Tante fait « Hum ! » et puis « Ha », cela signifie toujours quelque chose, et je fus gagné par un obscur pressentiment...

Toutefois, je n'eus pas le loisir de pousser plus loin mon analyse. Le révérend Briscoe et sa fille venaient en effet de se joindre à nous, et je ne tardai pas à prendre congé.

CHAPITRE VI

La chaleur de l'après-midi avait atteint maintenant un degré assez élevé, si bien qu'à la suite, d'une part, de mon déjeuner plus que copieux, ainsi que des nombreux gobelets de porto que j'avais pris, je me trouvais dans un état plus ou moins comparable à celui d'un python après son repas de midi... Une vague somnolence s'était emparée de moi, si bien qu'à deux reprises, au cours de mon récit, ma vénérable p. avait dû me notifier que, si je n'arrêtais pas de lui bâiller en pleine figure, j'allais récolter un grand coup d'ombrelle sur le coin de ma tête de lard...

Cet état de profonde torpeur ne m'avait toujours pas quitté, et, tandis que je fonçais sur la grand-route, je me sentais glisser vers le pays des songes... Je compris que si je ne m'arrêtais pas quelque part pour faire un petit somme, je n'allais pas tarder à devenir une réelle menace pour la gent piétonnière, et pour la circulation en général. Or, la dernière des choses que je souhaitais, bien sûr, était de comparaître devant mon hôte en sa qualité de magistrat, pour avoir heurté un brave citoyen par le travers de la coque en conduisant sous l'influence de son porto. Embarrassant pour tous les deux, n'est-ce pas? Quoique d'une certaine manière, un compliment pour la qualité de sa cave...

La grand-route, comme la plupart des grand-routes, était bordée de part et d'autre de vastes champs – certains avec des vaches, d'autres sans –, et la chaleur était telle que le simple fait de jeter l'ancre ici ou là vous condamnait à être transformé en charbon de bois, comme l'eût été le major Plank si les veuves et autres membres survivants de la famille du feu roi des 'Mgombis avaient réussi à prendre contact avec lui! Ce qu'il me fallait avant tout, c'était un endroit ombragé... Or, par le plus grand des hasards, à la sortie d'un virage, la route pénétrait soudain dans un épais sous-bois – tout à fait ce que je cherchais! J'arrêtai la mécanique, et ne fus pas long à sombrer dans un sommeil réparateur, comme le veut l'expression.

Tout d'abord, je dormis un moment du sommeil du juste, puis, je ne tardai pas à être victime d'un cauchemar... J'étais à la pêche avec E. Jimpson Murgatroyd dans ce qui semblait être des eaux tropicales. Il venait d'attraper un requin, et je me penchai pour y jeter un coup d'œil, lorsque, tout à coup, il me saisit le bras, ce qui, bien sûr, me surprit, et je m'éveillai en sursaut. Ouvrant les yeux, je vis alors que j'avais un objet attaché à mon biceps sur le côté de bâbord... Mais ce n'était pas un requin. C'était Orlo Porter!

– Veuillez m'excuser, Monsieur, dit-il, avec

courtoisie, d'interrompre ainsi votre petit somme, mais j'épiais une fauvette de Clarkson, là-bas, dans ce fourré, et j'ai craint que vos ronflements ne la fissent s'envoler. Pourrais-je vous prier d'atténuer un peu les effets sonores? La fauvette de Clarkson, voyez-vous, est très sensible aux bruits, et on devait vous entendre à un mile à la ronde... ou des propos allant en gros dans ce sens.

J'aurais pu répondre : « Tiens, salut! » ou quelque chose dans ce genre, mais je fus trop éberlué sur le moment pour parler – en partie parce que je n'aurais jamais pensé qu'Orlo Porter pût être aussi poli, mais surtout par le simple fait qu'il se trouvât là... J'avais escompté que Maiden Eggesford serait un endroit débarrassé de toute présence humaine – un havre de paix, de paix totale loin de tous les êtres, y compris les plus proches, comme dit le cantique, et il s'avérait que c'était une sorte de lieu de rencontres internationales... D'abord Plank, puis Vanessa Cook, et maintenant Orlo Porter! Si ce genre de situation devait se multiplier, il fallait s'attendre à voir ma tante Agatha tourner le coin de la rue bras dessus, bras dessous avec E. J. Murgatroyd.

Orlo Porter parut alors me reconnaître... Il fit un bond de côté comme un indigène indien qui voit un scorpion croiser son chemin.

– Wooster! Espèce de serpent visqueux, rampant et sournois! s'écria-t-il. J'aurais dû m'en douter!

Il ne faisait aucun doute qu'il n'était pas ravi de me voir... Ces paroles n'avaient rien d'affectueux, pas plus, d'ailleurs, que le ton sur lequel il les avait dites. Mais, à part ça, j'étais incapable de le suivre! Je n'y étais pas du tout...

– Douter de quoi? demandai-je, dans l'espoir de quelques notes explicatives.

– Que tu aurais suivi Vanessa jusqu'ici, dans le but de me la voler!

Sa thèse me sembla si absurde que je ne pus retenir un ou deux éclats de rire... Il me demanda aussitôt de cesser de caqueter comme une poule dont l'union vient d'être bénie – ou qui vient de pondre un œuf pourri, selon les termes qu'il employa lui-même.

– Je n'ai suivi personne nulle part, dis-je, m'efforçant de verser un peu d'huile pour calmer les fl. agités. Je m'interrogeai un instant pour savoir si je devais ajouter : « mon vieux », mais je décidai de n'en rien faire. Je doute que cela eût produit quelque effet de toute façon...

– Alors, pourquoi es-tu ici? s'écria-t-il, plus fortissimo que jamais – ce qui montrait bien qu'il se fichait pas mal que la fauvette de Clarkson l'entendît et se débinât en cédant à la panique...

Je poursuivis sur le mode suave...

– La question peut faire l'objet d'une explication immédiate, dis-je. Tu te souviens de ces boutons que j'avais?

– Ne change pas de sujet!

– Je ne change de rien du tout! Après avoir inspecté les boutons, le toubib m'a conseillé d'aller vivre à la campagne.

– Il y a d'autres endroits pour vivre à la campagne!

– Ah! fis-je. Mais voilà... ma tante Dahlia est ici chez des amis qui l'ont invitée. Alors, je me suis dit que ce serait bien si je pouvais l'avoir auprès de moi pour échanger de temps en temps quelques idées avec elle! Une personne très divertissante, ma tante Dahlia! On ne s'ennuie pas une seconde quand elle est dans le coin...

Ceci, comme je l'avais prévu, lui posa quelques problèmes pour jouer le coup suivant... Une partie de son agressivité s'envola. On pouvait voir qu'il se posait en secret la question : « Se pourrait-il que j'aie mal jugé Bertram? » Puis, son humeur s'assombrit à nouveau.

– Tout ça est fort possible, fit-il, mais n'explique pas pourquoi tu rôdais autour d'Eggesford Court ce matin!

J'étais abasourdi! Lorsque j'étais tout petit enfant, ma nourrice me disait qu'il y avait toujours quelqu'un à côté de moi pour épier chacun de mes gestes – et que, par exemple, si je refusais de manger mes épinards, j'en entendrais parler le jour du Jugement Dernier –, mais il ne m'était jamais venu à l'idée qu'elle pût faire allusion à Orlo Porter!

– Comment diable sais-tu ça? dis-je, ou peut-être « hoquetai-je » conviendrait-il mieux – ou même « gargouillai-je ».

– J'observais les lieux à l'aide de mes jumelles qui me servent à étudier les oiseaux, dans l'espoir d'apercevoir la femme que j'aime...

Je bondis sur l'occasion pour orienter la discussion sur un terrain moins controversé...

– J'avais oublié que tu étudiais les oiseaux – jusqu'à ce que tu me le rappelles à l'instant. Tu t'y intéressais déjà quand tu étais à Oxford, si je me souviens bien! Pas le genre de chose qui m'attire beaucoup. Non, m'empressai-je d'ajouter, que j'aie quoi que ce soit contre l'étude des oiseaux! Doit être des plus passionnantes! Sans compter que ça te... j'allais dire : « tient loin des débits de boisson », mais, je pensai qu'il valait mieux dire à la place : « te fait faire une cure de grand air... » Comment procède-t-on? dis-je. J'imagine que tu te dissimules derrière un buisson jusqu'à ce qu'un oiseau passe par là. Alors, tu sors tes jumelles et tu l'observes...

J'aurais eu encore pas mal de choses à dire sur le sujet – notamment sur la question de savoir qui était Clarkson, et comment il se faisait qu'il avait sa fauvette... Mais il m'interrompit.

– Je vais te dire pourquoi tu furetais autour d'Eggesford Court ce matin! C'était dans l'espoir de parler à Vanessa! Je fis : « Non, non! » mais il n'y prêta pas attention.

– Et je voudrais ajouter pour ton information, Wooster, que si je t'attrape en train d'essayer de lui infliger encore ta répugnante compagnie, je n'aurai aucune hésitation à exposer tes entrailles au soleil...

Il fit quelques pas pour s'éloigner, puis s'arrêta, lançant par-dessus son épaule les mots : « De mes propres mains! » et disparut – fut-ce pour se remettre à observer la fauvette de Clarkson? Je n'avais aucun moyen de le savoir.

Mon sentiment personnel était que n'importe quel oiseau sensé et doté d'oreilles délicates se serait levé de devant dès l'instant où Orlo s'était mis à parler!

CHAPITRE VII

Ces dernières remarques lâchées par Orlo Porter au moment de son départ me fournirent, est-il besoin de le dire, ample matière à réflexion. Il se trouvait qu'il n'y avait pas de passant, mais un passant qui serait passé aurait remarqué que j'avais le sourcil froncé et le regard plutôt vide. C'est dans bien des cas ce qui se produit lorsque vous tournez et retournez une question dans votre esprit, et n'aimez pas trop la tournure des événements. On le voit chez les Membres du Cabinet quand on leur pose des questions gênantes au Parlement.

Or, ce n'était pas, bien sûr, la première de mes relations qui exprimât le désir d'explorer mes profondeurs et de me vider de mon contenu. Frédéric Spode, maintenant connu sous le pseudonyme de lord Sidcup, l'avait fait de nombreuses fois, au temps où il croyait, à tort, que je cherchais à lui prendre Madeleine Basset – loin qu'il était de se douter à quel point je ne pouvais pas la voir, et combien j'aurais fait avec joie, un bon kilomètre à la course, et, de plus, en souliers trop étroits, afin, précisément, de ne pas la voir...

Mais je n'avais jamais éprouvé jusque-là une sensation aussi vive de péril imminent. Spode pouvait certes parler avec légèreté – ou bien est-ce avec « désinvolture »? – de me tartiner sur la pelouse et de sauter sur mes restes avec des souliers à crampons, je pouvais toujours, dans son cas, me raccrocher à l'idée qu'il aboyait plus fort qu'il ne m. – Un type comme Spode, est-on en droit de se dire, a une position à défendre. Il ne peut pas s'offrir le luxe de se payer tous les caprices qui lui passent par la tête. S'il se met à tartiner les gens sur les pelouses, il risque d'avoir des ennuis... Tout ce qui figure dans l'Almanach Nobiliaire Debrett montre un léger agacement. La noblesse terrienne de Burke hausse le sourcil. Il est même probable qu'il soit tenu à l'écart par la bonne société du comté, et forcé d'émigrer...

Mais Orlo Porter n'était soumis à aucune de ces contraintes. En tant que communiste, il ne devait pas manquer d'être copain avec la moitié des gros bonnets du Kremlin, et plus il étriperait d'éléments de la bourgeoisie, plus ils seraient contents. « Un jeune homme qui a ce qu'il faut, le camarade Porter! Avec de bonnes idées! diraient-ils en lisant l'article au sujet du regretté Wooster. Il ne faut pas le perdre de vue dans l'optique d'un futur avancement! »

Il était donc évident, le susdit Porter s'étant exprimé comme il l'avait fait en parlant de Vanessa Cook, que la chose la plus ingénieuse que je pusse faire était de me tenir loin d'elle.

J'exposai la sit. à Jeeves dès que je fus rentré à la maison, et il partagea tout à fait mon point de vue.

– Quel est le mot que l'on emploie parfois pour décrire des intrigues, Jeeves, dis-je.

– Monsieur?

– Vous voyez ce que je veux dire! Un mot qu'on utilise à propos des intrigues pour dire qu'elles sont dans un certain état! Il y a le mot « chèvre » dedans, si je ne me trompe pas.

– Le mot « enchevêtrées » serait-il celui que vous cherchez?

– C'est lui! Je l'avais sur le bout de la langue. Des intrigues peuvent-elles être enchevêtrées?

– Tout à fait, Monsieur.

– Eh bien, c'est ce qui est en train de se produire. Les faits sont les suivants: Lorsque nous étions à Londres, j'ai vaguement lié connaissance avec une certaine Vanessa Cook. Il se trouve qu'elle est la fille du type qui est propriétaire de ce cheval dont le chat s'est fait un grand copain. Elle a eu certains petits ennuis avec la police métropolitaine, et son père l'a sommée de rentrer à la maison pour s'assurer qu'elle n'en ait pas d'autres. Elle est donc maintenant à Eggesford Court. Vous avez saisi le scénario jusque-là?

– Oui, Monsieur.

– Bien. C'est pourquoi son fiancé – le fiancé de Vanessa, je veux dire, pas celui du père –, un type du nom de Porter, l'a suivie jusqu'ici pour lui offrir aide et assistance. Vous suivez aussi, Jeeves?

– Oui, Monsieur. Ces choses-là ne sont pas rares lorsque deux jeunes cœurs épris sont séparés.

– Eh bien, j'ai rencontré Porter ce matin, et ma présence à Maiden Eggesford lui a causé quelque surprise.

– On le conçoit sans peine, Monsieur.

– Il a tout de suite pensé que j'étais venu ici pour retrouver Mlle Cook.

– Comme le jeune Lochinvar lorsqu'il quitta les terres de l'Ouest.

Le nom ne me dit rien, mais je ne lui demandai pas de plus amples détails... Je voyais qu'il restait dans le coup, et il n'est jamais bon, quand vous contez une histoire, de vous perdre dans des questions d'intérêt secondaire.

– Et il a dit que si je ne me désistais pas, il étalerait mes entrailles au soleil. De ses propres mains.

– Vraiment, Monsieur?

– Vous ne connaissez pas Porter, je crois.

– Non, Monsieur.

– Mais vous connaissez Spode! Porter est une sorte de super-Spode! Tempérament impulsif! Prompt à prendre ombrage! Et les muscles de ses bras puissants sont aussi durs que des ressorts d'acier, comme dit l'autre. Bref, le dernier type à qui l'on souhaiterait déplaire. Alors, que me suggérez-vous?

– Je pense qu'il serait préférable d'éviter la compagnie de Mlle Cook.

– Renversant, Jeeves! C'est aussi l'idée qui m'était venue à l'esprit! Et cela ne devrait pas être trop difficile! Les chances pour que Papa Cook m'invite à lui rendre une petite visite sont très minces... Donc, si je prends la rue haute quand elle prend la rue basse... veuillez avoir l'obligeance de répondre, Jeeves, dis-je, car le téléphone s'était mis à sonner dans le vestibule. Il se peut que ce soit ma tante Dahlia, mais il se peut aussi que ce soit Porter, et je n'ai aucune envie de m'entretenir avec lui pour l'instant...

Il sortit, et revint quelques secondes plus tard.

– C'était Mlle Cook, Monsieur. Elle appelait de la poste. Elle désirait que je vous informe qu'elle allait passer vous voir, sous peu.

– Nom d'une pipe! m'écriai-je, en lui lançant un regard lourd de reproche. Vous n'auriez pas pu lui dire que j'étais sorti?

– La demoiselle ne m'en a pas laissé le loisir, Monsieur. Elle a délivré son message et raccroché sans attendre de réponse.

Mon sourcil dut se froncer à nouveau de façon très sensible...

– Pas très bon pour moi, ça, Jeeves.

– Non, Monsieur.

– M'appeler à mon domicile personnel de cette manière!

– Oui, Monsieur.

– Qui peut savoir si Orlo Porter n'est pas dissimulé à l'extérieur avec ses jumelles qui lui servent à épier les oiseaux, fis-je.

Mais, avant que j'eusse pu creuser la question, la sonnette de la porte d'entrée avait retenti, et je fus assailli par Vanessa Cook. Jeeves, inutile de le dire, s'était évanoui comme un spectre ancestral aux premières lueurs de l'aube... Il le fait toujours lorsqu'il vient de la compagnie. Je ne l'avais pas vu, et je doute que Vanessa l'eût vu aussi. Mais il était parti...

Tandis que je considérai Vanessa d'un air interdit, je fus conscient d'éprouver cette sensation de malaise que l'on ressent lorsqu'on tombe sur un objet qui dégage une forte fumée et qu'on se demande à quel moment l'explosion va se produire... Il y avait plus d'un an que je ne l'avais revue – si ce n'est de loin, la fois où elle était sur le point de se faire piquer par la police – et le changement dans son apparence aurait eu de quoi vous glacer le sang dans les veines...

Certes, son enveloppe était toujours celle d'une jeune fille capable d'inspirer quelques sifflets admiratifs de la part de membres des forces armées américaines portés sur la question, mais il y avait en elle quelque chose de plus redoutable qu'avant – un je-ne-sais-quoi d'arrogant et d'autoritaire qui ne m'avait encore jamais frappé, si je puis dire, – sans doute la conséquence du genre de vie qu'elle avait menée ces derniers temps. Vous ne pouvez pas marcher à la tête de manifs et distribuer des taloches à la police sans que cela vous laisse des traces visibles... « Altière », voilà le mot que je cherchais. Elle avait toujours été ce qu'on appelle « d'une beauté froide », mais, maintenant, elle était « d'une beauté altière ». Elle avait les lèvres étroitement scellées, le menton en avant, et son allure générale était celle d'une fille bien décidée à ne pas tolérer la moindre entourloupette. En dehors du fait – pour ce qui était de sa pellicule externe – que l'autre était dans le bas du groupe D, tandis que Vanessa, comme vous l'avez déjà noté, était restée une beauté rare parmi les plus rares, elle me rappelait le professeur de danse de mon enfance... La pensée me vint à l'esprit que, d'ici une trentaine d'années, elle serait le portrait exact de ma tante Agatha, devant qui de nombreux hommes, parmi les mieux trempés, ont été vus se glisser dans des trous de souris dès qu'elle les regardait de travers...

De plus, la façon dont elle m'aborda ne fit rien pour me mettre à l'aise... Après m'avoir jeté un coup d'œil hautain, comme pour bien marquer qu'elle me plaçait au rang le plus bas dans son estime, elle fit :

– Je suis très fâchée contre vous, Bertie!

Ces paroles ne me rassurèrent guère. Il n'est jamais bon d'encourir le mécontentement d'une fille dotée d'un punch aussi puissant que le sien. Je lui dis que j'étais désolé de l'apprendre, et lui demandai ce qui n'allait pas à son avis.

– C'est le fait que vous m'ayez suivie jusqu'ici.

Il n'y a rien de plus réconfortant qu'une accusation à laquelle on est à même d'opposer un démenti formel! A ces mots, je partis d'un joyeux éclat de rire, et sa réaction à mon accès de gaieté fut à peu près la même que celle d'Orlo Porter – bien qu'au lieu de parler, comme lui, de poules pondant des œufs pas frais, elle choisit l'image d'une hyène qui aurait un os coincé dans le gosier.

Je lui dis que j'ignorais tout à fait sa présence dans les parages, et, cette fois-ci, c'est elle qui se mit à rire – d'un de ces rires métalliques qui ne présagent rien de bon, pas plus chez la Belle que chez la Bête...

– Allons, taisez-vous! fit-elle, avant d'ajouter : C'est drôle! J'ai beau être furieuse, je ne peux m'empêcher de trouver que vous faites preuve d'un certain panache! Je suis surprise que vous soyez capable de montrer une telle volonté. Ce que vous faites là est odieux, mais témoigne d'un certain caractère! J'en viens à penser que, si je vous avais épousé, j'aurais peut-être fait quelque chose de vous...

Je tremblai depuis la coupe de mes cheveux jusqu'à la semelle de mes chaussures... J'étais plus heureux que jamais qu'elle m'eût jadis envoyé sur les roses! Je savais ce qu'elle voulait dire par : « Faire quelque chose » de moi! Dès l'instant où l'évêque et son adjoint auraient fini leur boulot, elle se serait mise à me prendre en main et à mettre mon âme sur cric afin de l'élever un peu vers le ciel! Or, mon âme me plaît telle qu'elle est. Ce n'est peut-être pas le genre d'âme à faire hurler les foules dans la rue, mais elle me convient très bien ainsi, et je ne tiens pas à ce que des gens cherchent à la prendre en main...

– Mais c'est impossible, désormais, Bertie! J'aime Orlo, et jamais je ne pourrai en aimer un autre!

– Parfait! C'est vous qui voyez!... Toutefois, il y a une chose sur laquelle je tiens à corriger votre erreur : je ne savais vraiment pas que vous étiez ici!

– Essaieriez-vous de me faire croire qu'il s'agit d'une pure coïncidence?

– Non, pas du tout! Plutôt de ce que j'appellerai une intrigue du type « enchevêtré »... Le docteur m'a ordonné d'aller à la campagne mener une vie calme pendant quelque temps, et j'ai choisi Maiden Eggesford parce que ma tante s'y trouve en ce moment chez des amis. J'ai pensé que ce serait bien d'être près d'elle. Une vie calme à la campagne, peut-être un tout petit peu trop calme si vous n'avez personne à qui parler. C'est elle qui m'a procuré cette charmante maison.

On aurait pu croire que mes explications allaient tout clarifier, et que la vie serait à nouveau « un doux chant mélodieux », comme disait quelqu'un... Eh bien, non! Elle garda son air bouffi des grands jours. Il y a des filles à qui rien ne plaît...

– Donc, j'avais tort de croire que vous aviez un peu de volonté! fit-elle, et si sa bouche ne fit pas une moue de dédain, c'est que je ne sais pas reconnaître une bouche qui fait une moue de dédain quand j'en vois une...

– Vous n'êtes qu'un vulgaire membre de cette bourgeoisie futile qu'Orlo déteste tant!

– Le parfait modèle du jeune mondain, d'après certaines autorités.

– Je ne pense pas que vous ayez jamais fait quoi que ce soit d'utile de votre vie.

J'aurais pu, à cet instant critique de la conversation, la faire passer sans peine pour une belle idiote, en lui révélant que j'avais jadis gagné un premier prix de catéchisme à l'école préparatoire – un exemplaire admirablement relié d'un ouvrage religieux dont j'ai oublié le titre – et que, lorsque tante Dahlia dirigeait son journal *le Boudoir de Milady*, j'y avais contribué en rédigeant un article, ou « un précis », ainsi que nous autres auteurs appelons cela, sur Ce-Que-Doit-Porter l'Homme-toujours-Bien-Habillé. Mais je laissai courir..., d'abord, parce qu'elle ne s'était pas arrêtée de parler, et qu'il est presque impossible d'interrompre une femme qui n'arrête pas de parler. Elles ont le moulin qui tourne à une vitesse si endiablée que le mâle de l'espèce, beaucoup plus lent, n'a aucune chance!...

– Mais la question de l'inutilité de votre existence n'est pas ce qui nous préoccupe ici. Dieu vous a fait, et je présume qu'il savait ce qu'il faisait sur le moment, aussi n'avons-nous pas à entrer dans ce sujet. Ce que vous voudriez sans doute savoir, c'est la raison pour laquelle je suis venue vous voir?

– Passez quand vous voulez, fis-je de ma façon la plus civile, mais elle ne le remarqua pas et poursuivit :

– L'ami de papa, le major Plank, qui est chez nous pour quelques jours, a parlé, à déjeuner, d'un certain Wooster qui était passé dans la matinée, et quand j'ai vu papa devenir violet et s'étrangler avec sa côtelette de veau, j'ai compris que ça ne pouvait être que vous. Vous êtes le genre de jeune homme qui lui déplaît le plus!

– Et, n'y a-t-il pas aussi certains jeunes hommes qui, de leur côté, ne sont pas très friands de lui?

– Sans aucun doute! Papa est, depuis toujours, un mélange d'Attila le Hun et de tortue de mer qui cherche à mordre... Bref, ayant découvert que vous étiez à Maiden Eggesford, je suis passée vous demander de faire quelque chose pour moi.

– Tout ce qui est en mon pouvoir!

– C'est très simple. Je vais, vous vous en doutez, écrire à Orlo. Mais je ne veux pas qu'il envoie ses lettres à Eggesford Court – parce que papa, non content d'avoir l'air d'une tortue de mer qui cherche à mordre, est, en plus, démuni du moindre scrupule! Il n'hésiterait pas à les intercepter et à les détruire. Or, il descend toujours avant moi au petit déjeuner, ce qui lui donne un avantage stratégique certain! Avant que je passe à table, la fine fleur de ma correspondance serait, elle, déjà passée dans la poche de son pantalon! Aussi, vais-je demander à Orlo de m'expédier ses lettres ici, à votre adresse, et je viendrai les prendre chaque après-midi.

Jamais proposition ne m'avait fait moins plaisir à entendre! L'idée qu'elle vînt chez moi tous les jours, avec Orlo Porter, déjà chauffé à blanc, en train de surveiller à la jumelle toutes les allées et venues autour de la maison, mon jeune sang se glaça, et mes deux yeux, ainsi que des étoiles géminées, sortirent de leurs orbites, comme je me souviens d'avoir entendu Jeeves le dire parfois. Aussi, fut-ce avec un très grand soulagement que je réalisai, l'instant d'après, qu'en fait mes craintes n'étaient pas fondées, puisqu'il n'y avait plus aucun besoin de correspondance entre les deux parties concernées.

– Mais il est ici! fis-je.

– Ici? A Maiden Eggesford?

– Pile en plein au milieu du centre de Maiden Eggesford!

– Est-ce que vous cherchez à être drôle, Bertie?

– Il est bien évident que je ne cherche pas à être drôle! Si je cherchais à être drôle, je vous aurais déjà fait attraper des convulsions depuis longtemps! Je vous dis qu'il est ici. Je l'ai rencontré cet après-midi. Il observait une fauvette de Clarkson. A ce propos, vous n'auriez pas par hasard quelques renseignements sur ce Clarkson? Je me suis posé des questions à son sujet – j'aimerais surtout savoir ce qu'il a fait pour avoir sa fauvette...

Elle ignora ma remarque – c'est ce qui arrive le plus souvent. Je dis toujours : « Montrez-moi une femme, et je vous montrerai quelqu'un qui va sans doute ignorer mes remarques »....

La regardant de plus près, je notai encore un certain changement dans son aspect. Je vous ai dit que son visage avait pris un air plus dur, à force de parcourir le pays pour distribuer des baffes aux policiers, mais, maintenant, il s'était à nouveau radouci. Bien que ses yeux n'eussent pas vraiment quitté leurs orbites, ils s'étaient agrandis au point d'atteindre la taille de balles de golf réglementaires, tandis qu'un tendre sourire lui éclairait la façade, elle dit :

– Il a fait ça? Alors, là, je suis soufflée!... – ou quelque chose de semblable – ainsi, il est venu! Il m'a suivie!

Elle en parlait comme si cela lui faisait le plus grand plaisir qu'il eût fait une chose pareille. Visiblement, elle n'avait aucune objection contre le fait d'être suivie... pourvu que ce fût par le type qu'il fallait! « Pareil au chevalier en armure étincelante qui chevauche son blanc coursier! »

L'occasion aurait été bien choisie pour brancher la conversation sur le copain de Jeeves venu des terres de l'Ouest, en disant qu'Orlo me faisait un peu penser à lui, mais je dus la laisser filer parce que je ne parvins pas à me souvenir du nom du type.

– Je me demande comment il a fait pour s'absenter de son travail, dis-je, à la place.

– Il prend ses deux semaines de congé annuel. C'est pour ça qu'il était à cette manif. Nous étions tous les deux en tête du cortège...

– Je sais. Je vous ai observés de loin.

– D'ailleurs, j'ignore toujours ce qu'il est devenu ce jour-là! Après avoir assommé un policier, il a tout à coup disparu.

– Toujours ce qu'il y a de mieux à faire quand vous assommez un policier. A vrai dire, il a sauté dans ma voiture et c'est moi qui l'ai conduit en lieu sûr.

– Ah! je vois.

Je pensais, je l'avoue, qu'elle aurait pu montrer un peu plus de chaleur. On n'attend pas, bien sûr, de remerciements pour ces petites gentillesses qu'on distribue çà et là, mais, si l'on considère que, pour lui, j'avais fait obstacle aux activités de la police dans l'exercice de ses fonctions, si c'est bien ainsi qu'on le dit dans les textes officiels, me rendant passible par là d'un séjour en taule d'une durée non négligeable, un peu plus d'enthousiasme de sa part, veux-je dire, n'aurait pas été déplacé. Rien d'autre à y faire, naturellement, que de lui jeter un regard empreint de reproche. C'est ce que je fis. Cela ne lui fit pas la moindre impression, et elle continua.

– Il est descendu à *l'Oie et la Sauterelle*?

– Je ne saurais le dire, dis-je – et si je parlai avec un petit quelque chose dans la voix, qui pourrait m'en blâmer? – lorsque je l'ai rencontré, nous avons surtout parlé de mes organes internes...

– Qu'est-ce qu'ils ont qui ne va pas, vos organes internes?

– Rien pour le moment, mais il pensait qu'il pourrait peut-être leur arriver quelque chose sous peu!

– Il est tellement altruiste!

– Oui, n'est-ce pas?

– Est-ce qu'il a proposé quelque chose qui vous ferait du bien?

– En réalité, c'est ce qu'il a fait...

– C'est tout à fait Orlo!

Elle demeura un bon moment silencieuse, méditant, j'imagine, sur toutes les attachantes qualités de Porter – dont beaucoup, je l'avoue, m'avaient échappé jusque-là.

– Il doit être à *l'Oie et la Sauterelle*. C'est la seule auberge correcte dans le coin. Allez-y pour lui dire de venir me retrouver ici demain après-midi à trois heures.

– Ici?

– Oui.

– Vous voulez dire : dans cette maison-ci?

– Pourquoi pas?

– Je pensais que vous auriez voulu être seule avec lui pour le rencontrer!

– Oh! Aucun problème! Vous pouvez aller vous promener!

Une fois de plus, j'adressai des remerciements muets à mon ange gardien pour avoir fait en sorte que cette fière beauté ne devînt jamais Madame B. Wooster! Cette façon abrupte qu'elle avait d'exiger, dès l'instant qu'elle exprimait un vœu, que tout le monde sans exception bondît afin de l'exaucer, ne me donnait ni plus ni moins que la nausée! La fierté woostérienne fut tellement piquée au vif, à la pensée d'être ainsi chassé de mon propre toit car tel était son bon plaisir, qu'il ne serait pas exagéré de dire que mon sang se mit à bouillir. J'aurais probablement dit quelque chose de cinglant, comme un « ah oui? » plutôt acide, puis je me dis qu'un « preux chevalier », tel que je m'efforce de l'être en toutes circonstances, ne doit jamais écraser un élément du sexe faible sous son talon d'acier, quelle que soit la provocation.

Aussi transformai-je le « ah, oui? » en « c'est parfait! » et je me rendis aussitôt à *l'Oie et la Sauterelle* pour mettre Porter au courant du rancard.

CHAPITRE VIII

Je le trouvai au bar privé de l'auberge, en train de prendre une bière au gingembre agrémentée de gin. Son visage, qui n'avait jamais été, à vrai dire, un grand régal pour les yeux, offrait un spectacle encore moins attrayant à voir que d'ordinaire, à cause de l'aspect sinistre qu'il avait revêtu. Il était clair qu'il avait le moral à marée basse, comme on le note souvent chez une moitié de cœur A se disant que ses chances de battre un jour à l'unisson avec une moitié de cœur B ne dépassent pas le treize contre un. Il se pouvait, bien sûr, qu'il fût d'humeur sombre parce qu'il venait d'apprendre qu'un de ses copains de Moscou s'était fait liquider à l'aube, ou peut-être avait-il supprimé un capitaliste et se demandait-il où cacher le corps, mais je choisis de mettre son état d'âme sur le compte de l'Amour frustré – c'est pourquoi je ne pus m'empêcher d'être poussé vers lui par un vague élan de compassion...

Toutefois, au regard qu'il me lança dès qu'il me vit approcher, je compris combien nos chances d'échanger des cadeaux pour Noël étaient encore minces. Je me souviens d'avoir pensé alors à la quantité d'Orlo que représentait une telle masse, en songeant avec horreur qu'elle était, de surcroît, totalement dévouée à la cause anti-woostérienne... J'avais souvent eu la même sensation devant Spode. On dirait que j'ai une sorte de don pour éveiller les forces les plus primitives chez tous les hommes qui font environ deux mètres cinquante de haut sur un mètre quatre-vingts de large. Je soulevai un jour la question devant Jeeves, et il convint qu'il y avait là un phénomène étrange.

Son regard, lorsque je fus tout près de lui, prit cet éclat que j'ai parfois entendu qualifier de vitreux. Quelle que fût la raison de son abattement, ma vue ne parut pas apporter un rayon de soleil dans sa vie... Son attitude était celle qu'on peut voir chez le public des salles de cinéma au cours d'une séance du mercredi après-midi, ou, si vous aimez mieux, celle d'un poisson mort sur l'étal du poissonnier... Il ne s'anima pas davantage lorsque j'eus délivré mon message. Il s'ensuivit un long silence, interrompu seulement par le glou-glou de la bière au gingembre qu'il s'enfilait dans le gosier, au bout duquel il se mit enfin à parler –, d'une voix qui rappelait assez bien celle d'un enterré vivant, comme dans ces films d'horreur où on voit le type soulever le couvercle de la tombe dans le caveau familial, à minuit, sous la chapelle en ruine, et où c'est bien le diable si l'occupant ne se met pas à lui faire un brin de causette...

– Je ne comprends pas.

– Qu'est-ce que tu ne comprends pas? dis-je, ajoutant même : Camarade, car on n'a rien à perdre, n'est-ce pas, à se montrer courtois... Toute l'aide qu'il est en mon pouvoir de te fournir en vue de résoudre le plus petit problème que tu pourrais avoir, te sera fournie avec plaisir. Je ne suis ici que pour me rendre utile et agréable.

La quantité de charme onctueux que j'avais mise dans ces quelques paroles aurait suffi pour vaincre la froideur d'une statue de marbre, mais, sur Orlo, elle n'eut aucun effet... Il ne cessa pas de m'observer de la manière la plus tante-Agathesque!

– Ce qui paraît bizarre – si, d'après ce que tu dis, tu la connais à peine – c'est qu'elle effectue chez toi des visites clandestines! Si l'on considère conjointement ta subreptice apparition à Eggesford Court, tout cela ne peut que susciter la suspicion...

Lorsqu'on lui parle ainsi, en se servant de mots tels que « clandestines », et « subreptice », et en disant que quelque chose ne peut « conjointement » que « susciter la suspicion », l'homme prudent fait attention où il met les pieds. Aussi fus-je ravi d'avoir une explication irréfutable à lui offrir. Je la lui offris donc, avec un sourire charmeur qui ne pouvait manquer, j'en étais sûr, de remporter le cigare ou la noix de coco...

– Mon apparition à Eggesford Court n'était en rien « subreptice », fis-je. Je m'y trouvais parce que je m'étais trompé de bicoque! Et la visite que m'a rendue Mlle Cook devait être « clandestine » parce que son père, je ne sais si c'est « conjointement » ou pas, lui est constamment derrière – comme le papier peint collé sur le mur. Si elle est venue me voir, c'est qu'elle n'avait aucun autre moyen de prendre contact avec toi. Elle ne savait pas que tu étais à Maiden Eggesford. Elle a pensé, au cas où tu lui écrirais une lettre, que Papa Cook risquait de l'intercepter – parce qu'il est le genre de type, paraît-il, capable de mettre la lettre d'une fille dans sa poche sans l'ombre d'un scrupule...

Tout cela me semblait parfaitement étanche, mais je vis qu'il m'observait toujours avec cette lueur noire dans le regard...

– Ça ne fait rien, dit-il. Je trouve curieux qu'elle se soit confiée à toi. Cela implique qu'il y a une certaine intimité entre vous.

– Oh! Ce n'est pas ainsi que je verrais les choses! Des tas de filles que je connais à peine se confient à moi! Elles me traitent comme une sorte de père...

– Une sorte de père, mon œil! N'importe quelle fille qui te prend pour une sorte de père devrait se faire examiner la tête!

– Eh bien, disons, une sorte de frère. Elles savent que leurs secrets sont bien gardés avec ce bon vieux Bertie.

– Je ne suis pas très sûr que tu sois un « bon vieux Bertie »! Plutôt une espèce de serpent qui rôde pour voler les femmes aux hommes qui les aiment, si tu veux mon avis!

– Mais non! mais non! protestai-je – j'ignorais, d'ailleurs que les serpents faisaient ce genre de trucs...

– Eh bien, ça m'a tout de même l'air louche! fit-il. Puis, à mon grand soulagement, il changea tout à coup de sujet.

– Est-ce que tu connais un certain Spofforth?

Je dis que je ne le pensais pas.

– P. B. Spofforth. Un grand costaud avec une petite moustache.

– Non. Je ne crois pas l'avoir jamais rencontré.

– Et tu n'es pas prêt de le rencontrer de sitôt! Il est à l'hôpital.

– Allons bon! J'en suis navré. Et pour quelle raison est-il à l'hôpital?

– C'est moi la raison... Il avait embrassé la femme que j'aime au pique-nique annuel du club des activités touristiques et sociales de Slade. Tu n'as jamais embrassé la femme que j'aime, Wooster?

– Grands dieux, non!

– Méfie-toi bien de ne pas le faire! Est-ce qu'elle est restée un long moment dans ta maison?

– Non, très peu! A peine entrée et sortie. Juste le temps de me dire que tu étais pareil à un chevalier en armure étincelante qui chevauche son blanc coursier, et de me dire de te dire d'être chez moi demain à trois heures pile, et elle était déjà partie!

Il parut se calmer un peu. Il gardait, certes, son regard de vache qui rumine, mais faisait moins songer à Jack l'Éventreur en train de mettre la vapeur sous pression en vue de son prochain crime. Toutefois, il n'était pas encore totalement satisfait.

– Je ne pense pas que ce soit une très bonne idée de nous voir chez toi, fit-il.

– Pourquoi pas?

– Nous t'aurons tout le temps dans les pieds...

– Oh, pas de problème, camarade! J'irai faire un petit tour ailleurs...

– Ah! fit-il, cette fois-ci visiblement satisfait. Un petit tour, hein? Bonne idée! Sans doute tout à fait ce qu'il te faut! Excellent exercice! Te fera revenir un peu le rose aux joues! Prends ton temps, surtout! Ne te presse pas de rentrer! On m'a dit qu'il y avait de jolis coins à voir par ici!

Et, sur cette note cordiale, nous nous séparâmes – lui, pour retourner au bar prendre une autre bière au gingembre agrémentée de gin... et moi, pour rentrer dire à Vanessa que les pourparlers avaient abouti, et qu'il serait au poteau de départ au quatrième top de trois heures le lendemain.

– Quel air avait-il? demanda-t-elle, dévorée d'impatience.

Il n'était pas très facile pour moi de répondre à une telle question – son air, à vrai dire, m'ayant surtout fait songer à un gangster de bas étage qui aurait souffert d'une fluxion à la joue – mais je formulai tout de même en une paire de mots une réponse pleine de tact qui parut, comme dirait Jeeves, donner entière satisfaction, à la suite de quoi, elle fila.

Jeeves fit sa brillante apparition peu après son départ. Il semblait être un peu gêné.

– Notre récente conversation a été interrompue, Monsieur.

– C'est exact, Jeeves, fis-je avec quelque froideur. Et j'ai l'honneur de vous informer que je n'ai plus besoin de vos conseils. Pendant votre absence, la situation s'est clarifiée. Une rencontre a été organisée, qui doit avoir lieu prochainement, en fait, dans cette maison même, à trois heures demain après-midi. Pour ma part, ne désirant pas être indiscret, j'en profiterai pour aller faire un tour.

– Extrêmement réconfortant à entendre, Monsieur, fit-il, et je convins avec lui qu'il avait tétigistié la *Rem acu...*

CHAPITRE IX

A trois heures moins cinq, l'après-midi suivante, m'étant ceint les reins, selon l'expression usuelle, d'une tenue adéquate, je m'apprêtais à sortir dans toute ma splendeur, lorsque Vanessa Cook entra. Ma vue ne parut pas lui plaire. Elle fronça le sourcil, comme si mon odeur avait quelque chose de suspect, et fit :

– Vous n'êtes pas encore parti?

Je jugeai ces paroles un peu brusques, même de la part d'une beauté altière, mais, fidèle à ma résolution d'être preux jusqu'au bout, je répondis d'une voix suave :

– J'allais partir...

– Eh bien, partez! dit-elle. Et je partis.

Dehors, la rue offrait, comme d'habitude, peu d'attraction au promeneur... Quelques centenaires disséminés de-ci de-là échangeaient des réminiscences sur la Guerre des Boers, et l'œil pouvait détecter à distance un chien absorbé par quelque chose qu'il avait trouvé dans le ruisseau, mais, par ailleurs, elle était parfaitement déserte. Je la descendis donc pour voir si l'abreuvoir qui commémorait le jubilé n'avait pas bougé depuis la veille, puis la remontai dans l'autre sens, en pensant combien E. J. Murgatroyd serait content de moi s'il était là, lorsque mon regard se posa sur la boutique qui faisait office de bureau de poste, et je me souvins d'avoir entendu Jeeves dire qu'en plus de la vente de timbres, de cartes postales, de chaussettes, de bottes, de blouses, de bonbons roses, de bonbons jaunes, de ficelle, de cigarettes et d'articles de papeterie, elle faisait aussi un peu la location de livres. J'entrai. J'étais parti sans emporter de lecture, or, il n'est jamais bon de négliger le côté intellectuel de sa personnalité...

Comme toutes les bibliothèques de village qui font la location de livres, celle-ci ne s'était guère souciée de se mettre au goût du jour. J'hésitais entre *Par ordre du Tzar* et *le Mystère du fiacre*, qui me paraissaient être les deux dont le choix était le moins risqué, lorsque la porte s'ouvrit pour livrer passage à Angélique Briscoe, cette accorte et jeune personne que j'avais rencontrée au déjeuner.

Dès qu'elle m'aperçut, son comportement devint des plus singuliers... Elle prit tout à coup un air de conspiratrice, comme si elle avait été une nihiliste rencontrant une autre nihiliste dans *Par ordre du Tzar* – je n'avais pas encore lu l'opus en question, mais je présumai qu'il était rempli de nihilistes qui n'arrêtaient pas de rencontrer d'autres nihilistes pour ourdir avec eux de sombres complots... Elle me saisit le bras, et, baissant la voix, chuchota en prenant un air grave :

– Il ne l'a pas encore amené?

L'allusion passa légèrement hors de ma portée... Je me plais à me considérer comme un homme du monde accompli, capable d'échanger quelques badineries avec une jolie fille aussi bien que n'importe qui, mais je dois avouer que, là, ma seule réponse à la question posée fut de la regarder sans rien dire avec de grands yeux ronds... J'étais surpris par le caractère inhabituel que présentait l'appartenance d'une fille de pasteur à une société secrète, mais je ne trouvai aucune autre explication à ses paroles. Il devait s'agir d'un message codé – le genre de choses auxquelles vous n'avez aucune chance de comprendre quoi que ce soit, à moins d'être l'un des sept sages, et non des moindres...

Au bout d'un moment, la parole me revint. Pas beaucoup, mais un peu.

– Hein? fis-je.

Ma réponse parut lui suffire. Ses façons changèrent à nouveau du tout au tout... Elle abandonna le style *Par ordre du Tzar*, et redevint la charmante jeune fille qui, selon toute éventualité, jouait de l'orgue le dimanche dans l'église de papa.

– Je vois que non. Mais c'est normal qu'il lui faille quelque temps pour un travail comme ça...

– Un quoi donc comme ça?

– Je ne peux pas vous en dire plus maintenant. Voici papa!

Et le révérend Briscoe entra, l'air serein, son intention – qu'il révéla immédiatement – étant de procéder à l'achat d'une demi-livre de bonbons roses, et d'une demi-livre de jaunes, pour les offrir aux plus méritants de ses enfants de chœur. Sa présence étouffa tout complément d'information de la part de l'accorte personne, et la seule conversation qui s'ensuivit se limita au temps qu'il faisait, à l'état dans lequel se trouvait le toit de l'église, et à la bonne-mine-qu'a-votre-tante-nous-avons-été-ravis-de la revoir. Après quelques autres échanges de propos décousus, je les laissai afin de poursuivre ma promenade.

Il est toujours difficile d'évaluer le temps qu'il faut à deux moitiés de cœur soudain séparées, puis, enfin réunies, pour renouer les liens brisés. Pour ne pas prendre de risque, j'accordai à l'équipe de double-mixte Vanessa-Orlo une bonne heure et demie, et, lorsque je regagnai la maison, je vis que j'avais calculé juste. Tous les deux avaient déjà pris le large.

J'étais toujours très intrigué par les propos tenus par Angélique Briscoe. Plus je les ressassais dans mon esprit, et plus ils m'apparaissaient énigmatiques – si tel est le mot... « Il ne l'a pas encore amené? » Je veux dire : « qui ne l'a pas amené quoi? » J'appelai Jeeves pour voir ce qu'il en penserait.

– Dites-moi, Jeeves, fis-je. Supposez que vous êtes dans un magasin pour y louer *Par ordre du Tzar*, et qu'une fille de pasteur entre, et, sans le moindre préliminaire du style : « Salut, la compagnie! », qu'elle vous dise : « Il ne l'a pas encore amené? » quelle interprétation donneriez-vous à ces paroles?

Il réfléchit un moment en silence – l'esprit balançant prestement d'un côté, puis de l'autre, ainsi que je l'avais, me semble-t-il, entendu décrire un jour la chose.

– Il ne l'a pas encore amené, Monsieur?

– C'est tout!

– J'aboutirais à la conclusion que la demoiselle s'attendait à ce qu'une de ses relations du genre masculin fût arrivée, ou sur le point d'arriver, porteuse de quelque objet non identifié.

– Exactement ce que j'en ai déduit moi-même! De quel objet non identifié s'agit-il? Je présume que nous le saurons quand Dieu voudra bien nous l'apprendre...

– Sans doute, Monsieur.

– Il faut savoir attendre sans hâte que tout nous soit révélé...

– Oui, Monsieur.

– En attendant, il n'y a plus qu'à classer l'affaire. Est-ce que Mlle Cook et M. Porter ont bien tenu leur conférence?

– Oui, Monsieur. Ils ont conversé quelque temps.

– En murmurant, avec des frissons dans la voix?

– Non, Monsieur. La demoiselle, ainsi que le Monsieur, ont, en fait, très distinctivement élevé la voix.

– Bizarre! Je croyais qu'en règle générale, les amoureux se chuchotaient plutôt à l'oreille!

– Pas au cours d'une dispute, Monsieur.

– Grands Dieux! Ils se sont disputés?

– De façon quelque peu acrimonieuse, Monsieur. Ils étaient parfaitement audibles depuis la cuisine, où j'étais en train de lire le volume de Spinoza que vous avez eu l'amabilité de m'offrir à Noël. Il se trouvait que la porte était entrebâillée.

– Donc, vous avez été témoin auditif?

– Du début à la fin, Monsieur.

– Racontez-moi tout, Jeeves.

– Très bien, Monsieur. Je dois commencer par vous informer que M. Cook est le curateur des biens laissés à M. Porter par son défunt oncle, qui semble avoir été un associé de M. Cook dans diverses entreprises commerciales.

– Oui. Je sais tout ça, Jeeves. Porter me l'a dit.

– Tant que M. Cook ne débloquera pas cet argent, la situation de M. Porter ne lui permet pas de se marier. J'ai cru comprendre que son emploi actuel n'était pas très généreusement payé.

– Il est courtier d'assurances. Je ne vous avais pas dit que je lui avais pris une assurance contre les accidents?

– Pas que je m'en souvienne, Monsieur.

– Ainsi qu'une assurance sur la vie – toutes deux pour des sommes qui combleraient un avare au-delà de toutes ses espérances – bien sûr, il a fallu qu'il m'ait au baratin! Mais, je ne dois pas vous interrompre, Jeeves. Continuez à tout me raconter!

– Très bien, Monsieur. Mlle Cook ne tarda pas à exhorter M. Porter à solliciter une entrevue avec son père.

– Dans le but de le faire cracher?

– Précisément, Monsieur. « Sois ferme! » l'entendis-je lui dire : « Montre-lui qui tu es! Regarde-le droit dans les yeux et frappe du poing sur la table! »

– Elle a spécifié cela?

– Oui, Monsieur.

– Ce à quoi il répondit?

– Que le jour où il se mettrait à frapper du poing sur la table en présence de M. Cook, on pourrait faire un certificat attestant qu'il était mentalement dérangé, et l'embarquer pour l'asile d'aliénés le plus proche – ou l'enfermer chez les dingues, ainsi qu'il l'a formulé lui-même.

– Bizarre!

– Monsieur?

– Je n'aurais pas cru que Porter pût montrer une telle comment appelle-t-on ça?

– Le mot « pusillanimité » pourrait-il être celui que vous cherchez, Monsieur?

– C'est fort possible. Commence par : « pu », je sais. J'ai dit « bizarre » parce que je n'aurais jamais soupçonné que les chevaliers en armure scintillante pussent, si le terme est correct, avoir peur de quoi que ce soit!

– Apparemment, Monsieur, ils font une exception lorsqu'il s'agit de M. Cook. J'ai cru saisir, d'après le récit de votre visite à Eggesford Court, que ce Monsieur a une personnalité plutôt redoutable.

– Vous avez saisi comme il faut. N'avez-vous jamais entendu parler du Capitaine Bligh sur le *Bounty?*

– Si, Monsieur. J'ai lu le livre.

– Et moi, j'ai vu le film. Avez-vous entendu parler de Jack l'éventreur?

– Oui, Monsieur.

– Mettez les deux ensemble, secouez, et qu'est-ce que vous obtenez? Cook. La cause principale en est ce stick de chasse qui ne le quitte jamais. Vous pouvez toujours tenir tête à un homme avec fermeté s'il se contente d'avoir des dispositions de serpent à sonnettes dyspepsique, et s'en tient aux insultes grossières... Mais placez-lui un stick de chasse dans la main, et les ennuis commencent! C'est un miracle que j'aie pu m'échapper d'Eggesford Court en gardant mon fond de culotte intact. Mais, poursuivez, Jeeves. Que s'est-il passé ensuite?

– Puis-je rassembler mes idées quelques instants, Monsieur?

– Certainement! Rassemblez-en autant qu'il vous plaira!

Rassembler ses idées ne lui prit guère plus de vingt à trente secondes. A la fin de ce laps de temps, il reprit son compte rendu au coup par coup de la prise de bec entre Vanessa Cook et O. J. Porter, qui commençait à ressembler à l'événement le plus important dans le monde pugilistique depuis que Gene Tunney et Jack Dempsey avaient disputé leur rencontre à Chicago.

– C'est presque immédiatement après le refus de M. Porter d'aller trouver M. Cook, et de taper du poing sur les tables, que Mlle Cook introduisit le chat dans la conversation.

– Le chat? Quel chat?

– Toujours le même chat. Celui que vous avez rencontré à Eggesford Court, et avec qui le cheval Pomme Frite a lié une amitié si solide... Mlle Cook voulait contraindre M. Porter à le voler.

– Bigre!

– Oui, Monsieur. La femelle de l'espèce est plus mortelle que le mâle.

– Bien dit, pensai-je.

– C'est de vous? demandai-je.

– Non, Monsieur. Une citation.

– Eh bien, continuez, dis-je, tout en pensant au nombre de vérités que Shakespeare avait dites en son temps. Femelle de l'espèce plus mortelle que le mâle!! Il suffisait de penser à ma tante Agatha et à son époux pour réaliser aussitôt la justesse de tels propos!

– Je vois, Jeeves. Porter, en possession du chat, disposerait d'un élément de négociation quand viendrait le moment de parler des fonds placés sous sa tutelle.

– Précisément, Monsieur. *Rem acu tetigisti.*

– Donc, je présume qu'il est maintenant à Eggesford Court en train de planter ses griffes dans le vieux capitaine Bligh.

– Non, Monsieur. Son refus de faire ainsi que Mlle Cook le lui demandait fut sans équivoque. « Tu peux toujours courir! » est l'expression qu'il a utilisée à cette occasion.

– Pas un garçon très coopératif, ce J.O. Porter!

– Non, Monsieur.

– Un peu comme l'âne de Balaam, dis-je, en

me référant à l'un des *dramatis personae* qui avaient figuré à l'examen, la fois où j'avais gagné ce premier prix de catéchisme à l'école préparatoire. Si vous vous en souvenez, Jeeves, il avait, lui aussi, planté ses sabots dans le sol et refusé de jouer le jeu...

– Oui, Monsieur.

– Mlle Cook a dû être pour le moins autant irritée qu'un dos qui a pris un bon coup de soleil!

– Effectivement. J'ai compris d'après ses remarques acerbes qu'elle était fort mécontente! Elle a – passez-moi l'expression – accusé M. Porter d' « avoir les foies », et elle a même dit qu'elle ne désirait plus jamais lui parler, ni communiquer avec lui, que ce fût par lettre, pneumatique, ou pigeon voyageur...

– Plutôt catégorique!

– Oui, Monsieur.

Je ne pense pas que je poussai alors un long soupir – disons plutôt, une sorte de demi-soupir –, mais l'homme sensible éprouve toujours quelque tristesse à voir le frêle esquif des amours débutantes s'abîmer ainsi sur les rochers... Pour ma part, je ne parvenais pas à imaginer qu'on pût vouloir épouser un Orlo Porter, et l'idée d'avoir à épouser Vanessa Cook dans sa nouvelle version m'avait ébranlé jusqu'à la plante des pieds, mais il ne faisait aucun doute que tous deux s'étaient montrés quelque temps favorables au projet de faire équipe ensemble, et il semblait regrettable qu'ils fussent ainsi écartés des marches de l'autel par quelques propos amers.

Toutefois, leur rupture avait son bon côté : cela ferait le plus grand bien à Vanessa de tomber sur quelqu'un à qui il ne lui suffisait pas de dire « Marche! » pour qu'il marchât – comme l'a dit je ne sais plus qui... J'en fis la remarque à Jeeves, et il convint que cet aspect-là de la question était à considérer...

– Lui fera voir qu'elle n'est pas Cléopâtre, ou quelque autre grande artiste dans ce goût-là...

– Très vrai, Monsieur.

J'aurais volontiers poursuivi notre conversation, mais je savais qu'il devait languir de retourner à son Spinoza. Je l'avais sans doute interrompu juste comme Spinoza allait résoudre le mystère du cadavre sans tête dans la bibliothèque du rez-de-chaussée...

– Très bien, Jeeves, dis-je. Ce sera tout pour le moment.

– Merci, Monsieur.

– Si vous voyez une solution à propos de la question : « Il ne l'a pas encore amené? », envoyez-moi une petite note de service!

Je dis cela comme s'il s'agissait d'une plaisanterie, mais je n'avais fichtrement pas envie de plaisanter! Ces quelques paroles énigmatiques prononcées par Angélique Briscoe m'avaient secoué... Elles semblaient suggérer qu'il se passait dans mon dos certaines choses dont je n'avais rien de bon à attendre! J'avais tellement souffert, dans le passé, à la suite d'initiatives prises par des filles de son âge – Stiffy Byng, par exemple, est un des noms qui me viennent à l'esprit – que je suis devenu méfiant – tel un renard poursuivi par le Pytchley depuis des années.

En s'exprimant par énigmes – comme le veut l'expression –, Angélique Briscoe m'avait plongé en plein mystère. Or, bien qu'on puisse trouver cela très bien dans les livres – je ne suis jamais plus heureux que lorsque je suis installé dans un bon fauteuil avec le dernier Agatha Christie sur les genoux – le mystère n'est pas ce qu'on aime le plus dans sa vie privée... C'est même le machin idéal pour vous filer la migraine!

Je commençais justement à l'attraper, quand se produisit un événement qui détourna mon esprit des premières attaques de la douleur : la porte venait de s'ouvrir toute grande, et Vanessa Cook entra...

Elle portait des traces de la récente algarade : elle avait les joues empourprées, les yeux luisants, et, en écoutant bien, on aurait encore pu entendre les dents grincer... Son comportement général était celui d'une fille dont la sensibilité vient d'être ébranlée par le passage d'un cyclone...

– Bertie! s'écria-t-elle.

– Présent! rétorquai-je.

– Bertie! répéta-t-elle. Le Sort en est jeté! Je serai donc votre femme!

CHAPITRE X

On pourrait croire que je fis alors quelque commentaire, tel que : « Sacrebleu! », ou encore : « Vous serez ma quoi? » mais il n'en fut rien. Je restai *sotte voce*, ce qui veut dire : aussi muet qu'un tombeau – pareil à ces types dont Jeeves m'a raconté l'histoire, qui se regardaient, l'air effaré, au sommet d'un pic de Darien.

La chose m'était tombée dessus, faut-il le dire, en me prenant tout à fait par surprise! Mes avances, à l'époque où je lui proposais l'union, avaient été rejetées sur un ton si péremptoire que tout danger de ce côté-là m'avait paru définitivement écarté. Je n'aurais même pas pensé qu'elle pût un jour chercher à nouveau à me parler! A aucun moment elle ne m'avait permis de croire qu'elle n'eût pas choisi cent fois de se retrouver au fond d'un fossé plutôt que d'être la moitié de Bertram! Et maintenant, voilà où j'en étais! « Un homme n'est-il donc jamais à l'abri de rien? » était-on en droit de se demander! Pas étonnant que les mots me manquassent, suivant l'expression consacrée...

Vanessa, par contre, était tout à coup devenue bavarde... Les paroles fatidiques une fois lâchées, elle parut se sentir beaucoup mieux. La lueur dans son regard était en grande partie éteinte, et il me sembla que ses dents avaient cessé de grincer. Je ne dirai pas que, même ainsi, j'aurais souhaité la croiser le soir au fond des bois, mais je notai une très nette amélioration dans son comportement général.

– Nous nous marierons en toute simplicité! dit-elle. Juste quelques amis que j'ai à Londres, et c'est tout. Et, peut-être même en plus grande simplicité que ça! Tout dépend de papa. Votre cote auprès de lui est à peu près celle d'un ennemi public numéro un au bal annuel de la police! Je ne sais pas ce que vous lui avez fait, mais je ne l'ai jamais vu d'un aussi beau mauve que lorsque votre nom a été mentionné à table! S'il persiste dans cette attitude, il va falloir que vous m'enleviez! D'ailleurs, cela m'est bien égal! Beaucoup diraient, je suppose, que je vais un peu vite en besogne, mais je suis prête à courir le risque! Je vous connais très peu, il est vrai, mais quiconque dont le simple nom fait que papa avale son déjeuner de travers lorsqu'il l'entend ne peut manquer d'avoir un peu de bon en lui!

Parvenant enfin à dégager ma langue de ma luette – qui s'étaient emmêlées sous l'effet du choc –, je retrouvai la parole – comme le firent au bout d'un moment, j'imagine, ces types sur la montagne de Darien.

– Mais, je ne comprends pas!

– Qu'y a-t-il que vous ne comprenez pas?

– Il m'avait semblé que vous vouliez épouser Orlo!

Elle fit alors entendre un bruit assez semblable à celui d'un éléphant qui retire son pied de la vase dans une forêt de tecks de Birmanie... Il ne faisait aucun doute que le nom avait touché un nerf à vif.

– C'est ce qu'il vous a semblé, n'est-ce pas? Eh bien vous faisiez erreur! Est-ce qu'une jeune fille dotée d'une once de bon sens épouserait un garçon qui refuse de faire la plus petite chose pour elle, parce qu'il a peur de son père, soi-disant? Je serai toujours enchantée de voir M. Orlo Porter dégringoler dans l'escalier et se casser le cou! Rien ne me donnerait plus de joie que de lire son nom dans la rubrique nécrologique du *Times*! Moi, l'épouser? Quelle drôle d'idée! Non, non! Vous ferez largement l'affaire, Bertie... Soit dit en passant, je n'aime pas du tout ce nom de Bertie! Je pense que je vous appellerai Harold. Oui, vous ferez largement l'affaire, Harold. Bien sûr, vous avez bien quelques gros défauts... Je vous en indiquerai quelques-uns quand j'aurai le temps. D'abord, fit-elle sans attendre d'avoir le temps, vous fumez trop! Il vous faudra cesser quand nous serons mariés! Ce n'est qu'une sale manie dont il est facile de se débarrasser. Tolstoï, fit-elle, mentionnant là quelqu'un que je n'avais jamais vu, dit qu'on prend autant de plaisir à faire des petits tourniquets avec ses doigts...

Ma première impulsion fut de dire que ce Tolstoï devait être piqué, mais je parvins à refréner ces paroles un peu vives... J'ignorais si le type en question n'était pas de ses amis intimes, et ma critique – aussi justifiée fût-elle – aurait pu lui déplaire. Or, on sait ce qu'il advenait des gens – des policiers, par exemple – quand elle n'aimait pas leurs critiques...

– C'est comme ce rire idiot que vous avez! Il vous faut corriger ça. Si vous êtes amusé, un sourire discret est amplement suffisant... Lord Chesterfield disait que, depuis l'âge où il avait acquis l'usage complet de la raison, personne ne l'avait jamais entendu rire. Je suppose que vous n'avez pas lu les *Lettres à son Fils* de lord Chesterfield?

Comment ça! Bien sûr, je n'avais pas lu les *Lettres à son fils* de lord Chesterfield! Un Bertram Wooster ne lit pas les lettres des gens, comme certains coyotes que nous ne nommerons pas... Si j'étais employé des postes, je ne lirais même pas les cartes postales...

– Je vous établirai une liste complète de livres à lire.

Elle allait sans doute se mettre à citer quelques-uns des auteurs qu'elle avait à l'esprit, mais, à ce moment précis, Angélique Briscoe fit irruption...

– Il ne l'a pas encore amené? glapit-elle.

Apercevant alors Vanessa, elle ajouta le mot « Fichtre! » et disparut comme une anguille dans la vase.

Vanessa la suivit d'un regard indulgent.

– Une vraie tête de linotte! fit-elle.

Je convins que les voies d'Angélique Briscoe étaient assez impénétrables, et Vanessa partit à son tour peu de temps après. Une fois seul, je titubai jusqu'à une chaise et m'enfouis le visage dans les mains...

Il n'y avait rien là que de très naturel, quand on songe que je venais juste d'être fiancé à une fille qui voulait me voir cesser de fumer... Soudain, de l'extérieur, me parvint le bruit caractéristique d'une tante qui se prend les pieds dans le paillasson. L'instant suivant, la sœur Dahlia de mon défunt père faisait son entrée en trébuchant, pirouettait plusieurs fois sur elle-même, puis, après avoir lâché une bordée de jurons, reprenait son équilibre en s'écriant de la voix qu'on lui connaît :

– Il ne l'a pas encore amené?

CHAPITRE XI

Je ne suis pas, je crois, un homme prompt à s'emporter – en particulier, dans mes relations avec le sexe faible. Mais, quand vous ne pouvez pas croiser une seule femelle de l'espèce sans qu'elle vous hurle aux oreilles : « Il ne l'a pas encore amené? », votre flegme s'en trouve affecté... Je lui lançai un regard tel que, j'imagine, un neveu ne devrait pas en lancer à sa tante, et je dis, non sans une certaine aspérité dans le ton de ma voix :

– Si quelques-unes d'entre vous, Mesdames et Mesdemoiselles, voulaient bien cesser de parler comme les personnages dans *Par Ordre du Tzar*, le monde serait peut-être un endroit un peu plus vivable! Amené *quoi*, d'abord...

– Mais le chat, bien sûr, pauvre nouille! répliqua-t-elle avec cette pétulance qui l'avait rendue si populaire, autrefois, à l'heure des toasts, au cours des réunions des Sociétés de Chasse au renard de la Quorn et du Pytchley.

– Le chat de Cook! C'est décidé! Je l'enlève! ou plutôt, je le fais enlever par l'intermédiaire de mon agent. Je lui ai demandé de l'amener ici...

J'en restai coi – comme l'on dit. S'il y a une chose qui affecte les cordes vocales d'un neveu, c'est bien la découverte qu'une de ses tantes adorées ne distingue plus très bien la limite entre le bien et le mal... L'expérience, certes, aurait dû m'enseigner, au fil des ans, qu'avec cette tante-là, plus encore qu'avec une autre, l'on devait s'attendre pratiquement à tout ! Néanmoins, je demeurai – comment demeurai-je? Il existe un mot pour l'exprimer... Ah, le voici! Je savais que je trouverais en cherchant... Je demeurai « médusé ».

Bien sûr, que demande une tante quand elle a une histoire à raconter, si ce n'est un neveu médusé? Aussi, ne fus-je pas surpris de la voir profiter de mon silence pour foncer tête baissée. Tout de même en partie consciente, sans doute, que ses manigances exigeaient un petit brin d'explication, elle ne manqua pas d'en faire un numéro digne d'une scène de music-hall... Je n'irai pas jusqu'à dire qu'elle n'omit aucun détail mineur, mais il est certain qu'elle ne chercha pas à condenser son récit. Elle démarra comme suit – à cent vingt à l'heure...

– Ce que je dois tout d'abord bien faire comprendre aux esprits bornés – comme le tien, pour prendre un exemple au hasard – c'est le caractère extrêmement délicat de ma situation chez les Briscoe. Jimmy, en m'invitant à passer quelques jours à Eggesford Hall, m'avait décrit les chances de son cheval Simla dans la prochaine course en des termes on ne peut plus flatteurs. Il m'avait dit que c'était un crack, qu'il n'y avait pas d'autre crack, et que miser le gros paquet dessus revenait à peu près à tomber sur une liasse de billets dans la rue : il n'y avait qu'à se baisser! Et moi, pauvre faible femme, je l'ai cru! J'ai parié tout ce que je possédais, jusqu'à ma lingerie la plus intime... Or, dès que je suis arrivée ici, j'ai mené ma petite enquête auprès de l'opinion publique locale, et j'ai appris qu'en réalité ce Simla n'avait rien d'un crack et que Pomme Frite, de Cook, était au moins aussi rapide que lui, et avait autant de supporters. Bref, que l'arrivée avait toutes les chances de se jouer dans un mouchoir... à moins que – suis-moi bien, Bertie –, à moins que l'un des deux animaux ne flanche en cours d'entraînement! C'est alors que tu es arrivé avec tes informations de première main, selon lesquelles Pomme Frite ne pourrait pas concentrer son esprit si son chat n'était pas là pour l'encourager... Et, là, je fus comme éclairée par une lueur subite! « La vérité sort toujours de la bouche des enfants! » me dis-je. « La Vérité sort toujours de la bouche des enfants! »

J'aurais souhaité qu'elle formulât sa pensée différemment, mais je n'eus pas l'occasion de lui en faire la remarque. Quand la Vénérable Ancêtre accapare la conversation, elle l'accapare pour un bout de temps...

– Je t'ai dit, poursuivit-elle, que j'avais misé sur Simla tout ce que je possédais. Rectification. Remplacé par « considérablement plus que je ne possédais! » Si je perds, cela voudra dire qu'il me faudra taper l'oncle Tom d'une petite somme rondelette, en attendant de me renflouer... Et tu sais aussi bien que moi combien l'obligation de se séparer de ses deniers ne manque jamais de lui filer une bonne indigestion! Tu peux imaginer dans quel état d'esprit je me trouve! S'il n'y avait pas eu Angélique Briscoe, je crois que j'aurais sombré dans la dépression! Il y a eu des moments où seule ma volonté de fer m'a empêchée de bondir au plafond en hurlant à la mort, tellement l'angoisse était terrible...

J'étais toujours aussi médusé, mais je parvins tout de même à dire : « Angélique Briscoe? » je ne voyais pas ce qu'elle venait faire là-dedans. La speakerine poursuivit sur sa lancée :

– Ne me dis pas que tu as oublié qui c'est? Je suis surprise que tu ne l'aies pas encore demandée en mariage – ce qui semble être une habitude chez toi dès que tu connais une fille depuis cinq minutes, pour peu qu'elle ne soit pas absolument répugnante. Je suppose que tu ne devais pas y voir très clair après tout ce porto! Nous avons eu une longue discussion après ton départ. J'ai appris qu'elle aussi avait tout misé sur Simla, et se demandait comment elle ferait pour payer ses créanciers si elle perdait. Je lui ai parlé du chat, et l'idée de l'enlever l'a tout de suite enchantée! Elle résolut même le problème qui me tracassait, à savoir : comment faire pour y parvenir? Vois-tu, il s'agit d'un travail qui n'est pas du ressort de n'importe qui – pas du mien, par exemple... Il faut être comme un de ces Indiens dont je lisais les histoires dans les livres de Fenimore Cooper quand j'étais petite – le genre de types qui ne faisaient jamais craquer une seule brindille sous leurs pieds –, et je dois admettre que ce n'est pas mon cas – disons que je ne suis pas faite pour ça!...

Il y avait du vrai dans ces propos... Je crois savoir que la Vieille Ancêtre avait une taille de sylphide dans sa jeunesse, mais, avec les ans, elle avait acquis une certaine épaisseur... N'importe quelle brindille placée sur son chemin aurait explosé comme une conduite de gaz.

– Mais Angélique m'a montré la voie! Ça c'est une fille bien, cette Angélique! Une simple fille de pasteur, mais avec un pouvoir de décision digne d'un chef d'État! Elle n'a pas hésité un instant. Le visage illuminé, l'œil étincelant, elle m'a tout de suite dit :

– C'est un boulot pour Billy Graham!

Là, je ne la suivis plus très bien... Le nom ne m'était pas inconnu, mais je ne l'avais jamais associé avec une quelconque compétence pour transporter un chat d'un point A. jusqu'à un point B. donnés – à plus forte raison un chat qui serait la propriété d'autrui... J'aurais même cru que c'était le genre de conduite qu'un homme occupant les fonctions de M. Graham aurait plutôt condamnée... J'en fis part à la Vénérable Ancêtre, et elle me dit que je commettais là une erreur bien naturelle.

– Son vrai nom est Herbert Graham. Mais tout le monde ici l'appelle Billy.

– Pourquoi?

– Humour paysan... très répandu dans la région. Billy est le roi des braconniers du coin! Tu n'es pas près de trouver une brindille qui craquerait sous ses pieds! Il y a des années que tous les gardes-chasse à des milles à la ronde essaient de le coincer avec sa marchandise, mais beaucoup ont perdu espoir! On estime que soixante-seize virgule huit pour cent de la bière vendue à *l'Oie et la Sauterelle* sont consommés par des gardes-chasse totalement hagards dans l'espoir de noyer leur chagrin après s'être fait rouler par Billy... Je le tiens d'Angélique, qui le connaît depuis qu'elle étyait haute comme ça... Elle lui a fait part de notre inquiétude, et il a dit qu'il allait s'occuper illico de la question. Il est d'autant mieux placé pour mener des opérations du type commando dans les parages d'Eggesford Court que sa nièce, Marlène, travaille aux cuisines – ce qui fait que sa présence sur les lieux ne peut éveiller aucun soupçon... Il peut toujours dire qu'il vient voir comment elle va. Bref tout se présente si bien que nous avons toutes deux le sentiment d'avoir la Providence avec nous!

Je ne cessai pas pour autant d'être médusé. Son projet d'employer un homme de main qui, je l'aurais parié, la ferait ensuite chanter jusqu'à la fin de ses jours, me glaça jusqu'à la moelle des os. Quant à cette Angélique Briscoe, on se demande bien ce que les filles de pasteurs ne feraient pas de nos jours...

Je tentai de la raisonner.

– Voyons! Tu ne peux pas faire ça, Vieille Ancêtre collatérale! fis-je. C'est aussi laid que de maquiller un cheval!

Si vous croyez que j'amenai ses joues à se parer du rouge de la honte, vous avez encore tout à apprendre sur le chapitre des tantes.

– Eh bien, et après? Est-ce que maquiller un cheval, comme tu dis, n'est pas une précaution élémentaire que prendraient tous les professionnels s'ils pouvaient le faire? riposta-t-elle.

Mais un Wooster ne renonce jamais... J'essayai à nouveau...

– Et que fais-tu de la morale du turf?

– Tu veux savoir ce que j'en fais? Pour ma part, j'aime bien que le turf soit immoral. L'émotion n'en est que plus forte!

– Que diraient les membres de la Quorn, ainsi d'ailleurs que ceux du Pytchley?

– Ils m'enverraient un télégramme pour me souhaiter bonne chance! Tu ne comprends rien à ces petites réunions locales, mon pauvre Bertie! Ce n'est pas Epsom ni Ascot! Un brin de finesse par-ci par-là est chose courante. Cela fait partie des règles! Il y a une paire d'années, Jimmy avait un cheval appelé Poonah, qui devait courir à Bridmouth. Un des hommes de Cook prit soin du jockey la veille de la course... Il l'entraîna au bar de *l'Oie et la Sauterelle*, lui fit faire le plein de boissons fortes, et l'expédia au poteau de départ le lendemain après-midi avec un tel mal de crâne que le type ne souhaitait plus qu'une chose: s'asseoir quelque part pour pleurer! Il arriva le cinquième en sanglotant, et il s'endormit avant même qu'on eût le temps de le descendre de sa selle. Bien sûr, Jimmy se douta de ce qui s'était passé. Mais il n'en fut jamais question entre eux. Aucune trace de rancune de part et d'autre. Ce n'est que lorsque Jimmy infligea une amende à Cook pour avoir transporté ses cochons sans autorisation que les choses se mirent à se gâter...

J'avançai un autre argument – plus ingénieux, me sembla-t-il.

– As-tu songé à ce qui se passera si ton bonhomme se fait cueillir? La première chose qu'il fera sera de te dénoncer – et ta réputation à Maiden Eggesford en sera ternie de façon irrémédiable!

– Il ne se fait jamais cueillir! C'est la Pimprenelle rouge de la région! De plus, rien ne pourrait ternir ma réputation à Maiden Eggesford – je suis l'enfant chérie du pays, depuis que je leur ai chanté : « Chaque Brave Fille aime son Marin », à la fête du village de l'an dernier. Ils étaient tous pliés en deux, j'ai été trissée, et j'ai dû saluer mon public pendant si longtemps que je me suis démis une vertèbre!

– Épargne-moi le récit de tes excès, veux-tu? dis-je d'un air peut-être un peu distant...

– Je portais un habit de marin.

– S'il te plaît! fis-je avec dégoût...

– Il aurait fallu que tu lises l'article auquel j'ai eu droit dans *l'Argus de Bridmouth* – qui paraît avec *le Fermier du Somerset* et *l'Éveil du Midi agricole*. Mais je ne peux pas passer la journée à t'écouter. Elsa attend quelques raseurs qui doivent venir prendre le thé, et elle a besoin de mon assistance. Occupe-toi du chat quand il arrivera. J'ai cru comprendre qu'il s'agissait plutôt du genre bohème, et qu'il préférerait sans doute un bon whisky soda, mais essaie tout de même avec une goutte de lait pour commencer.

Sur ces mots, elle sortit côté jardin, et jamais on ne vit de tante marcher d'un pas plus décidé...

Jeeves entra. Il avait les bras chargés.

– Ce chat nous est destiné, paraît-il, Monsieur, fit-il.

Je lui jetai un regard parfaitement éteint...

– Ainsi, il l'a amené!

– Oui, Monsieur. Il y a un instant.

– Il est passé par-derrière?

– Oui, Monsieur. Ce qui montre qu'il a un certain respect des convenances.

– Est-ce qu'il est toujours ici?

– Non, Monsieur. Il s'est rendu à *l'Oie et la Sauterelle.*

J'en vins au factum. Ce n'était pas le moment de tourner autour du pot. Il me fallait son avis, et il me le fallait vite!

– Je présume, Jeeves, que lorsque vous avez vu que le chat nous était livré ici même par courrier spécial, vous en êtes tout de suite venu à la conclusion qu'il y avait, comme l'on dit parfois, quelque sombre combine dans l'air...

– Oui, Monsieur. J'ai eu le privilège d'entendre les remarques de Mme Travers. Elle a une voix qui porte...

– On ne saurait mieux exprimer la chose. Je pense que, lorsqu'elle chassait à courre dans sa jeunesse, on pouvait l'entendre de plusieurs comtés environnants.

– Je le crois volontiers, Monsieur.

– Eh bien, si vous savez tout, inutile d'expliquer la sit. Le problème avec lequel nous sommes maintenant confrontés est de savoir quelle doit être la marche à suivre...

– Monsieur?

– Vous voyez ce que je veux dire, Jeeves... Je ne peux pas me montrer... quel est le mot qui conviendrait le mieux ici?

– Complice, Monsieur?

– Voilà! Vous l'avez trouvé. Je ne peux pas me montrer complice d'une chose pareille, ni laisser cette magouille se poursuivre en toute liberté! Il y va de l'honneur des Wooster!

– Vous n'avez personnellement rien à vous reprocher, Monsieur, ce n'est pas vous qui avez subtilisé le chat.

– Non, mais il s'agit d'une personne de ma famille! A propos, est-ce qu'elle ne serait pas amenée à faire un petit séjour à l'ombre si sa culpabilité dans l'affaire était prouvée?

– Il est difficile de le dire sans consulter une autorité légale compétente, Monsieur. Mais il en résulterait inévitablement un scandale fort désagréable.

– Vous voulez dire qu'on sifflerait partout son nom en signe d'infamie?

– C'est cela même, en substance, Monsieur.

– Et on peut prévoir les effets les plus désastreux sur la digestion de l'oncle Tom! Très mauvais, Jeeves... Nous ne pouvons accepter ça! Quand on songe dans quel état le met un simple homard à l'américaine! Il nous faut restituer ce chat au Père Cook!

– Cela me paraît souhaitable, Monsieur.

– Vous ne voudriez pas vous en charger?

– Non, Monsieur.

– Ce serait une belle preuve d'esprit féodal.

– Sans aucun doute, Monsieur.

– Un de ces vassaux du Moyen Age aurait bondi sur l'occasion.

– C'est fort probable, Monsieur.

– Ça ne prendrait pas plus de dix minutes. Vous pourriez utiliser la voiture.

– Je crains néanmoins de devoir plaider en faveur d'un *nolle prosequis*, Monsieur.

– Alors, il me faudra voir ce que je peux faire. Laissez-moi seul, Jeeves. J'ai besoin de réfléchir...

– Très bien, Monsieur. Un whisky soda pourrait-il être de quelque assistance?

– *Rem acu tetigisti*, dis-je.

Resté seul, je consacrai à la question la fine fleur de l'esprit woostérien, mais sans résultat positif, comme l'on dit... J'avais beau chercher, il ne me semblait pas possible de trouver une méthode pour ramener le chat qui cadrât avec l'urgence d'éviter une rencontre avec Papa Cook, armé de son stick de chasse... Et je ne tenais pas à entendre ce dernier me siffler autour des jambes. Tout courageux que soient les Wooster, il y a des choses devant lesquelles nous reculons...

J'étais plongé dans mes pensées amères, lorsque me parvint de l'extérieur un éclat de rire tonitruant. Mon sang ne fit qu'un tour dans mes veines lorsque je vis Plank bondir dans la pièce...

CHAPITRE XII

La raison pour laquelle mon sang ne fit qu'un t. dans mes veines ne nécessite pas, je pense, beaucoup d'explication. L'œil le plus éteint aurait pu s'apercevoir de la situation critique dans laquelle j'étais. Surpris pratiquement en tête à tête avec le chat, et Plank faisant partie maintenant des personnes présentes dans la pièce, ma position était aussi précaire que celle d'un élément de ces couches sociales dites à taux de criminalité élevé qui se serait enfui avec le rubis du Maharajah, et qui, après l'avoir planqué parmi ses effets personnels, verrait une haute personnalité officielle de Scotland Yard se présenter à la porte... Pire encore, en fait, parce que les rubis ne parlent pas, tandis que les chats parlent... Celui-ci m'avait plutôt frappé, au cours des brefs rapports que nous avions eus, comme étant le chat de style discret, qui se contente en général de ronronner, mais qui aurait pu dire si, placé dans un environnement étranger loin de son copain Pomme Frite, il n'allait pas lâcher un miaulement ou deux? Or, un seul « miaou » suffisait pour me plonger dans le pétrin...

Je me souviens qu'un jour je fus contraint d'amener l'abominable fils de ma tante Agatha, le jeune Thos, voir une pièce appelée *Macbeth* au théâtre du Vieux Vic. Thos dormit du début à la fin, mais pour ma part, je trouvai que la pièce n'était pas trop mauvaise. La raison pour laquelle j'en parle ici est qu'il y a une scène où ce Macbeth donne un grand repas, au milieu duquel le fantôme d'un type appelé Banquo, qu'il avait assassiné un petit peu plus tôt, enfonce la porte, tout couvert de sang, et vient se joindre à la fête. Macbeth en parut tout secoué, et ce que j'essaie de montrer par là, c'est que mes sentiments à la vue de Plank furent très semblables à ceux de Macbeth à cette occasion. Je le contemplai avec des yeux ronds, comme Plank lui-même aurait sans doute contemplé un scorpion, ou une tarentule, ou quelque autre bestiole parmi celles qui vivent là-bas en Afrique, si, sur le point d'aller au lit, il en avait trouvé un – ou une – dans son pyjama.

Pour l'instant, il paraissait tout joyeux.

– Il fallait que je passe vous le dire! fit-il. J'ai la mémoire qui revient! Je vais bientôt me souvenir de tous les détails de cette première rencontre que nous avions eue chez moi! Encore un peu dans le brouillard, mais j'aperçois la lumière! C'est souvent ce qui se passe avec cette fichue malaria.

Ces paroles ne m'enchantèrent pas du tout. Comme il a été dit plus haut, cette fameuse rencontre m'avait, à l'époque, causé un certain embarras... quand je vous aurai rappelé que la scène s'était terminée par une suggestion de sa part de me taper dessus à l'aide d'un casse-tête zoulou, vous comprendrez qu'elle ne s'était pas vraiment déroulée dans une atmosphère d'extrême cordialité.

– Une chose dont je me souviens très bien, continua-t-il, c'est que vous vous intéressez beaucoup au rugby – qui est aussi, bien entendu, une des grandes passions de ma vie. Je vous ai dit que mon village était en train de monter une bonne petite équipe qui semble pleine de promesses? Par un extraordinaire coup de chance, nous avons un nouveau pasteur, un type appelé Pinker, qui a été longtemps pilier international. A joué pour Oxford pendant des années, et je ne sais combien de fois dans l'équipe d'Angleterre. Il est capable d'entraîner tout le pack derrière lui, en plus, bien sûr, de prêcher quelques très bons sermons...

Rien n'aurait pu me rendre plus heureux que d'apprendre à quel point mon vieil ami Pinker, dit le Putois, était apprécié pour ses nombreuses qualités, et, l'ombre du chat n'eût-elle plané au-dessus de nos têtes, j'aurais sans doute pris grand plaisir à cette petite réunion. Plank était, en effet, d'une compagnie fort distrayante, comme le sont beaucoup de ces types dont le savoir est vaste et varié – il m'apprit pas mal de choses que j'ignorais sur la mouche tsé-tsé, ou sur ce qu'il convient de faire lorsqu'on est chargé par un rhinocéros. Mais, en plein au milieu de l'une de ses meilleures histoires – il venait juste d'en arriver au moment où, les indigènes paraissant d'humeur pacifique, il avait décidé de planter le camp pour la nuit..., il s'arrêta net. Il pencha la tête de côté :

– Qu'est-ce que c'était que ça? fit-il.

J'avais entendu aussi, naturellement... mais je conservai mon calme.

– Qu'est-ce que c'était quoi? fis-je.

– On aurait dit un chat.

Je continuai d'arborer le masque. Laissant même échapper un de mes petits rires spirituels dont il a déjà été fait mention, je dis :

– Oh, ça? c'était mon valet, Jeeves. Il fait le chat.

– Ah, bon?

– Il faut croire que ça lui procure quelque joie passagère!

– Et, je suppose qu'il a son petit succès assuré chaque fois qu'il le fait au pub vers l'heure de la fermeture, quand tout le monde en a plus ou moins un petit coup dans l'aile... J'ai eu un porteur indigène qui savait imiter le puma mâle lorsqu'il appelle la femelle.

– Vraiment?

– A tel point que même les pumas femelles s'y laissaient prendre. Elles rappliquaient par douzaines autour du camp. Elles faisaient une drôle de tête quand elles découvraient qu'il s'agissait d'un simple porteur indigène! C'est celui dont je vous ai parlé. Celui qu'on a dû enterrer avant le coucher du soleil. A propos, j'y pense, comment vont vos boutons?

– Complètement disparus!

– Pas toujours bon signe! Des fois, c'est pire quand ils se développent en dedans. Se mélangent avec le sang.

– Le Dr Murgatroyd avait prévu qu'ils disparaîtraient.

– Je suppose qu'il savait de quoi il parlait...

– J'ai une très grande confiance en lui.

– Moi aussi – ça doit venir des favoris. Il s'arrêta, puis se mit tout à coup à glousser.

– Bizarre, comme le temps passe!

– Plutôt bizarre, m'empressai-je d'admettre.

– Ce vieux Jimpy Murgatroyd! Vous ne le croiriez jamais à le voir maintenant! Lorsque je l'ai connu, tout jeune, il était pratiquement le meilleur trois quarts aile que nous eussions jamais eu à Haileybury. Rapide comme l'éclair! Il ne ratait jamais sa passe en arrière! Il a marqué deux essais contre Bedford, dont un à partir de nos vingt-cinq mètres, et il a réussi un drop contre Tonbridge!

Bien que je n'eusse pas la moindre idée de ce qu'il voulait dire, je fis : « Tiens, tiens! », et il fit : « Tout à fait! » Je présume que nous allions continuer encore longtemps à parler de Jimpson Murgatroyd, première manière, lorsque, tout à coup, le chat revint à l'antenne et Plank changea de sujet...

– Écoutez! J'aurais juré que c'était encore ce chat! Décidément, votre valet le fait à la perfection!

– Juste un petit talent!

– J'appellerais plutôt ça : un don! Les bons imitateurs d'animaux ne courent pas les rues! Je n'ai plus jamais eu de porteur comme ce type qui faisait le puma! Beaucoup de gens vous feront peut-être une imitation passable de la chouette, ou du hibou, mais ce n'est pas pareil! C'est de la chance que Cook ne soit pas ici!

– Pourquoi dites-vous ça?

– Parce qu'il insisterait sûrement pour être confronté avec ce qu'il croirait être son chat! Et il démonterait la maison jusqu'à ce qu'il y arrive! Voyez-vous, un chat auquel il tient beaucoup s'est volatilisé! Et Cook est convaincu qu'il a été enlevé pour servir des intérêts rivaux. Il a parlé de mettre Scotland Yard dans le coup. Mais, il faut que je m'en aille... Je n'étais passé que pour vous parler des progrès remarquables que fait ma mémoire... Tout me revient petit à petit. Il n'y en a pas pour longtemps que je me souvienne pourquoi j'ai cru que votre nom commençait par Al. Ça ne serait pas un sobriquet quelconque?

– Je ne le pense pas.

– Une abréviation d'Alka-Seltzer, ou quelque chose comme ça. Enfin, inutile de s'en soucier pour le moment! Ça me reviendra! Ça me reviendra!

Je ne voyais pas d'où lui venait cette idée fixe que mon nom commençait par Al., mais c'était un détail sur lequel je ne m'étendis point... Dès qu'il eut filé, j'appelai Jeeves en conférence.

Lorsqu'il entra, Jeeves se répandit en excuses. Visiblement, il avait le sentiment d'avoir quelque peu laissé choir le jeune maître...

– Je crains que vous ne m'accusiez d'une certaine négligence, Monsieur, mais il m'a été impossible d'étouffer tout à fait les cris de l'animal. J'espère qu'ils n'ont pas été perçus par votre visiteur.

– Ils l'ont été, Jeeves... et le visiteur n'était autre que le major Plank – auquel votre ingéniosité m'avait permis d'échapper à Totteigh-in-the-Wold. Il est étroitement associé à Papa Cook, et je ne vous cacherai pas que lorsqu'il fit irruption, je fus autant secoué que put l'être Macbeth, si vous voyez de quoi je veux parler, la fois où il était assis à table quand le fantôme est arrivé...

– Je connais bien la scène, Monsieur :

« Va hors de ma vue brandir ces boucles de ton sang maculées! »

– Et comme on le comprend! Plank a remarqué les miaulements.

– J'en suis terriblement désolé, Monsieur.

– Pas de votre faute, Jeeves. Les chats resteront toujours des chats! Je fus déconcerté sur le moment – comme ce Macbeth – mais je parvins néanmoins à garder la tête froide. Je lui ai dit que vous étiez un imitateur de chats, et que vous mettiez au point votre numéro d'imitation...

– Très ingénieux aussi, Monsieur.

– Oui. J'ai pensé également que ça n'était pas trop mal trouvé.

– Cela a-t-il suffi pour satisfaire la curiosité du Monsieur?

– On aurait dit... Mais il reste Papa Cook!

– Monsieur?

– Ce qui me tracasse, c'est l'éventualité que Papa Cook soit moins enclin à gober mon histoire, et qu'il vienne inspecter les lieux... Et quand je dis : « L'éventualité », je devrais dire « la certitude »! Réfléchissez un peu, Jeeves. Il me surprend à Eggesford Court selon toute apparence en train d'embarquer le chat. Il apprend que je déjeune à Eggesford Hall. « Ha! se dit-il. Un de la bande à Briscoe, hein? Et je l'ai piqué avec le chat pratiquement dans son giron! » Quand Plank va lui dire que j'ai, at home, un remarquable imitateur de chats, croira-t-il vraiment que Plank a bien entendu une voix humaine? J'en doute fort, Jeeves! Il va être à ma porte en moins de dix secondes avec les forces de police locales au grand complet!

La nature implacable de mon raisonnement ne fut pas sans effet... La preuve en fut que Jeeves remua très légèrement le bout du nez. Rien au monde n'aurait pu lui faire lâcher un : « Sacré-nom-de-Dieu! » mais je vis que les mots lui seraient montés aux lèvres s'il ne les avait stoppés à temps.

Son commentaire à la suite de mon énoncé fut bref et sans détour.

– Il nous faut agir, Monsieur.

– Et sans nous arrêter pour cueillir des pâquerettes sur le bord de la route! Êtes-vous toujours aussi résolu à ne pas ramener le chat au « statu quo »?

– Oui, Monsieur.

– Sam Weller se serait précipité comme une flèche pour obliger M. Pickwick...

– Il n'entre pas dans mes fonctions de ramener des chats, Monsieur. Mais pourrais-je me permettre une suggestion?

– Parlez, Jeeves.

– Pourquoi ne remettrions-nous pas l'affaire entre les mains de cet homme, Graham?

– Mais, bien sûr. Comment n'y ai-je pas pensé!

– C'est un braconnier qui n'est pas sans jouir d'une certaine réputation, et un braconnier compétent est exactement ce qu'il nous faut!

– Je vois ce que vous voulez dire! Quelqu'un dont l'expérience lui permet de se déplacer sans faire craquer la moindre brindille – ce qui est essentiel quand vous ramenez des chats...

– Précisément, Monsieur. Avec votre permission, je vais me rendre à *l'Oie et la Sauterelle* pour lui dire que vous désirez le voir.

– Je vous en prie, le priai-je.

Quelques minutes plus tard, je me trouvai en tête à tête avec Herbert (Billy) Graham.

La chose qui me frappa au premier coup d'œil fut son air d'extrême respectabilité. J'avais toujours imaginé qu'un braconnier était un de ces durs à cuire qui s'habillent exclusivement avec ce qu'ils trouvent sur le premier épouvantail venu, et ne se rasent jamais plus d'une fois par semaine. Or, il était vêtu de façon très correcte d'un costume de cheviotte bien coupé, et avait la figure aussi lisse qu'un bébé. Il avait les yeux bleus, le regard droit, et les cheveux d'un gris des plus seyants. J'ai vu des membres du Cabinet qui faisaient beaucoup plus songer à de sombres crapules... Lui, par contre, faisait plutôt penser à un membre de la chorale de la très saint église de Briscoe – ce qu'il était d'ailleurs, ainsi que je l'appris plus tard – j'appris même qu'il possédait une voix de ténor fort agréable, bien utile pour l'interprétation du motet, et dans ces passages des litanies où il est question des « Misérables Pécheurs »...

Il avait à peu près la taille et le tonnage d'un Fred Astaire, et cette aisance de mouvement si appréciable dans la profession qu'il avait choisie. On l'imaginait sans peine en train de se glisser en silence à travers le sous-bois, tenant d'une main ferme une paire de lapins défunts, et toujours en avance d'une longueur sur la horde des gardes-chasse qui cherchaient à le cueillir... La Vénérable Ancêtre l'avait comparé à la Pimprenelle Rouge, et un seul regard suffit pour me convaincre que le compliment était plus que mérité. Je me dis que Jeeves avait été une fois de plus très bien inspiré en me suggérant de confier à Billy la délicate mission que j'avais en vue. Lorsqu'il est question de ramener des chats qui ont été chipés à leur propriétaire légitime, il vous faut un spécialiste! Et là où un Lloyd George, ou un Winston Churchill, aurait échoué, ce Graham, j'en étais sûr, réussirait...

– Bonjour, Monsieur, fit-il. Vous avez demandé à me voir?

Je plongeai sans préambule – je pense que le terme est exact – au cœur du problème. Inutile, me dis-je, de faire des « Hum! Hum! » – pas plus, d'ailleurs, que des « heu... heu... »

– C'est à propos de ce chat.

– Il a été livré selon les instructions.

– Et, maintenant, je veux que vous le rameniez...

Il sembla perplexe.

– Le ramener, Monsieur?

– Là d'où il vient.

– Je ne comprends pas très bien, Monsieur.

– Je m'explique.

J'estime que j'exposai assez bien la situation dans ses grandes lignes... J'insistai sur le fait qu'un Wooster ne pouvait encourager un acte qui revenait, en quelque sorte, à maquiller un cheval, et je dis, pour conclure, que le colis devait être restitué à son propriétaire avec la plus grande discrétion. Il m'écouta sans un mot, puis, lorsque j'eus fini, il secoua la tête :

– Hors de question, Monsieur!

– Hors de question? Pourquoi? C'est bien vous qui l'avez subtilisé? Alors vous pouvez bien le ramener!

– Non, Monsieur. Vous oubliez un certain nombre de points essentiels!

– Par exemple?

– Tout d'abord, le vol auquel vous vous référez a été perpétré en tant que faveur toute spéciale à l'égard de Mlle Briscoe que j'ai connue toute petite fille – une enfant adorable!

Je songeai un moment à l'attendrir en disant que j'avais été moi-même un enfant adorable, mais je savais que tel n'était pas le cas – ainsi que j'en avais été maintes fois informé par ma tante Agatha –, aussi laissai-je tomber... Il y avait peu de chances, bien sûr, qu'il rencontrât jamais ma tante Agatha pour s'entretenir avec elle de mes jeunes années, mais le risque ne valait quand même pas la peine d'être pris...

– De surcroît, enchaîna-t-il – et je fus à nouveau surpris par la pureté de son élocution! Il avait reçu, sans aucun doute, une excellente éducation. Je doutai toutefois qu'il fût un ancien élève d'Oxford...

– De surcroît, fit-il, j'avais placé cinq livres sur Pomme Frite, avec le patron de *l'Oie et la Sauterelle...*

– Tiens, tiens! me dis-je en moi-même – Et je vais vous expliquer pourquoi je me dis : « Tiens, tiens! » en moi-même : c'est parce que les écailles venaient de me tomber des yeux! Maintenant, j'y voyais clair! Il était évident que toute cette histoire de faveurs spéciales à l'égard d'enfants adorables relevait de la pure foutaise! Il n'avait agi, depuis le début, que pour des motifs purement commerciaux! Lorsque Angélique Briscoe était venue le voir il avait dû commencer par lui exprimer ses regrets de devoir lui opposer un *nolle prosequis* en lui donnant comme raison qu'il avait déjà mis ces cinq livres sur Pomme Frite, et qu'il lui fallait protéger son investissement. Alors, elle avait demandé s'il ne le ferait pas pour dix livres – ce qui lui laissait une bonne marge bénéficiaire – Il avait dit O.K.! Angélique avait ensuite dû taper tante Dahlia d'un billet de dix livres, et l'affaire avait été conclue... j'ai souvent pensé que j'aurais fait un fin limier... J'ai l'art de raisonner et de déduire.

Dès lors, tout devenait facile, me dis-je, maintenant que la question pouvait être ramenée au niveau de vulgaires tractations financières. Il ne restait plus qu'à en fixer les termes. La transaction se traiterait, sûrement en argent comptant, car notre homme était un malin. Or, j'avais, par le plus grand des hasards, amené des liasses de billets en prévision de la course de Bridmouth.

– Combien voulez-vous? dis-je.

– Monsieur?

– Pour déchatiser mon domicile, et rendre ce félin à ses troupes!

Son regard droit et limpide se couvrit d'une sorte de voile – comme ce devait être le cas, j'imagine, chaque fois qu'il traitait une affaire. Il prenait sans doute un autre aspect lorsqu'il chantait avec la chorale de l'église... Des types du club m'ont dit qu'ils constataient la même chose chez Oofy Prosser, le « Bourdon » millionnaire, lorsqu'ils essayaient d'obtenir un petit emprunt pour tenir le coup jusqu'au mercredi suivant...

– Combien veux-je, Monsieur?

– Oui. Dites un chiffre. Nous n'allons pas chipoter jusqu'à demain!

Il fit une petite moue...

– Je crains, dit-il, après avoir défait la petite moue, de ne devoir demander plus que je n'aurais souhaité, Monsieur... Voyez-vous, étant donné que l'absence de l'animal aura déjà été remarquée, il va y avoir, pour ainsi dire, une sorte de tollé général... Toutes les personnes résidant chez M. Cook seront sur le qui-vive – ou en alerte, si vous voulez. Je vais donc être dans la situation de l'espion en temps de guerre qui fait passer des dépêches secrètes à travers les lignes ennemies – avec chaque paire d'yeux scrutant le terrain pour tenter de le voir... Je vais devoir demander vingt livres.

J'étais soulagé. J'avais craint un chiffre supérieur. Il parut également éprouver l'impression de s'être laissé aller à une trop grande modération...

Il se hâta d'ajouter :
– Ou, plutôt, trente livres.
– Trente livres!
– Trente, Monsieur.
– Chipotons..., dis-je.
Lorsque je suggérai vingt-cinq – un chiffre beaucoup plus agréable à considérer que trente – il secoua, avec regret, mais il secoua quand même, sa tête aux cheveux grisonnants...
Aussi, continuâmes-nous à chipoter. Il chipota mieux que moi, et nous finîmes par nous mettre d'accord sur trente-cinq...
Je n'étais pas dans un de mes grands jours pour chipoter...

CHAPITRE XIII

Un des sujets posés, la fois où j'avais eu ce premier prix de catéchisme à l'école préparatoire, était, je me souviens : « Que savez-vous sur la question de la vipère sourde? ». Ma parfaite connaissance des Saintes Écritures m'avait permis de répondre très justement qu'elle se bouchait les oreilles et refusait d'entendre la voix du charmeur – quel que fût le charme des propos tenus par le charmeur. Or, après ma séance avec Graham, je compris ce que le charmeur en question avait dû ressentir au fond de lui-même... S'il m'avait été possible de comparer mes notes avec les siennes, nous aurions sans doute conclu d'un commun accord que moins nous rencontrerions de vipères sourdes dans l'avenir, mieux nous nous porterions...

Aucun charmeur n'aurait pourtant pu mettre plus de charme que moi dans ses propos pour exhorter Herbert Graham à baisser un peu ses prix, et personne n'aurait pu se boucher plus hermétiquement les oreilles que ce serpent à figure humaine! Vous pouvez dire que c'était le genre de type qui ne lève pas le petit doigt afin de faire un pas pour venir à votre rencontre! Il ne bougea pas d'un pouce pour œuvrer dans le sens pouvant mener à un règlement pacifique! Trente-cinq livres! Absolument monstrueux, veux-je dire! Mais c'est ce qui arrive souvent, j'ai remarqué, lorsqu'on est en pleine période noire! C'est le type d'en face qui a toutes les cartes en main!

Je ne connais rien de plus épuisant que de chipoter... Aussi, dès que Graham fut reparti main dans la main avec le chat, c'est un Bertram Wooster complètement lessivé qui s'installa pour parcourir d'un air distrait les premières pages de *Par Ordre du Tzar*. J'en avais déjà lu assez pour regretter de ne pas avoir choisi *Le Mystère du Fiacre*, lorsque le téléphone sonna.

C'était, comme je l'avais redouté, ma tante Dahlia. J'avais, bien sûr, réalisé que tôt ou tard, les contacts avec la Vénérable Ancêtre seraient inévitables, mais sans doute les aurais-je abordés plus volontiers s'ils avaient pu être quelque peu différés... Un homme qui vient de se voir fiancé à une fille dont chaque trait de caractère le plonge dans un état proche de la syncope, et qui a dû verser trente-cinq livres à un vampire, plus deux pence à un libraire pour la location d'un navet, n'est pas très souvent un homme au sommet de sa forme...

La Vénérable Ancêtre, par contre, loin de se douter du terrible uppercut que je lui réservais, et qui allait, j'en étais presque sûr, se répercuter jusqu'à ses sous-vêtements, était pour le moment toute joie et gaieté...

– Salut, tête de lard! lança-t-elle. Quoi de neuf sur le Rialto?

– Quoi donc où ça? répondis-je sans comprendre.

– Le chat! Il l'a amené?

– Oui.

– Tu l'as dans ton giron?

Je vis que l'heure avait sonné... Malgré mon extrême appréhension à l'idée de lui révéler l'horrible vérité, il fallait qu'elle fût dite... J'inspirai profondément. Il y avait quelque chose d'assez réconfortant dans le fait de la sentir à l'autre bout d'un fil téléphonique à un bon mile et demi de distance... Un neveu ne sait jamais trop à quoi il s'expose lorsqu'il se trouve à portée de main de l'une de ses tantes! Plusieurs fois, dans ma jeunesse, celle-ci m'en avait fait claquer une sur le côté de la figure pour beaucoup moins que ça...

– Non, dis-je. Il est parti.

– Parti? Parti où ça?

– Billy Graham l'a repris...

– Repris?

– Pour le ramener à Eggesford Court. C'est moi qui le lui ai demandé.

– Tu le lui as *demandé*?

– Oui, vois-tu...

Ces mots, comme je m'y attendais, conclurent pour une période assez prolongée ma participation personnelle au duologue. A partir de là, elle prit très vite le dessus...

La V.A. parla donc en ces termes :

– Enfer et Damnation! Grands dieux! Que les

Anges du Ciel et les ministres du Culte nous assistent! Il a repris le chat! Tu l'as délibérément flanqué à la porte en sachant tout ce qu'il représentait pour moi! Tu as trahi ton camp! Tu m'as laissé tomber dans l'adversité! Tu précipites une vieille femme éplorée dans la tombe! Et après tout ce que j'ai fait pour toi! Ingrat! Misérable! Vermine! Te souviens-tu de l'histoire que je t'ai racontée : qu'à l'époque où tu prenais encore le biberon – et où tu ressemblais, soit dit en passant, à un œuf mal poché – tu avais failli avaler ta tétine en caoutchouc? Et que si je ne t'avais pas secoué par les pieds pour te la faire cracher, tu serais mort étouffé? Eh bien, laisse-moi te dire que tu n'aurais pas intérêt à avaler ta tétine en caoutchouc devant moi en ce moment! Je ne broncherais même pas! Et tu te souviens de l'époque où tu as eu la rougeole, et où j'ai consacré des heures et des heures de mon temps si précieux à jouer à la puce avec toi, en te laissant gagner à tous les coups sans jamais murmurer?

Là, j'aurais pu contester... Mes victoires au jeu de la puce avaient toujours été dues à ma seule dextérité. Je n'ai pas beaucoup joué à la puce ces derniers temps, mais lorsque j'étais un tout jeune enfant, j'étais assez bon à ce genre de dérivatif... Toutefois, je n'en fis pas mention. D'ailleurs, elle était déjà en train de poursuivre, et je choisis de ne pas interrompre le flot...

– Et est-ce que tu as oublié, quand tu étais à cette espèce d'école préparatoire, que je t'envoyais tous les jours – et à grands frais – des colis remplis de victuailles, parce que tu étais sans cesse sur le point de mourir d'inanition? Et tu te souviens, quand tu étais à Oxford...

– Arrête, Vénérable P.! m'écriai-je – car elle m'avait vivement ému avec ses réminiscences de la vie du jeune Wooster. Tu me brises le cœur!

– Tu n'as pas de cœur! Si tu en avais un, tu n'aurais pas jeté dehors, dans la neige, ce pauvre chat sans défense! Tout ce que je demandais, c'était que tu lui offres un lit dans la chambre d'hôte pendant quelques jours – le temps de redonner à ma situation financière une base saine –, mais tu as refusé de me rendre ce tout petit service, qui ne t'aurait rien coûté – si ce n'est un shilling ou deux pour un peu de lait et de poisson! Qu'est-il advenu, je me le demande, du neveu d'antan, pour qui les vœux de sa tante avaient force de loi? Apparemment, on n'en fait plus des comme ça!...

A cet endroit-là, elle dut sans doute être forcée de céder aux lois naturelles... Il lui fallut marquer une pause pour souffler un peu, et il me fut possible de parler...

– Vieille Parente Consanguine, fis-je. Tu es victime d'un comment dit-on?

– Comment dit-on quoi?

– Cette chose dont les gens sont parfois victimes. Je l'ai sur le bout de la langue. Commence par « Mé »... Ah, j'y suis : d'une méprise. J'ai entendu Jeeves utiliser le mot. Ton interprétation au sujet de mon attitude dans l'affaire du chat est tout à fait à côté de la plaque! Il est vrai que je n'étais pas d'accord pour que tu le chapardes. Une telle action, selon moi, éclabousserait l'écusson des Wooster – si tu vois ce que je veux dire. Mais j'étais tout de même prêt à lui offrir – bien à contrecœur – le gîte et le couvert pendant quelque temps, s'il n'y avait pas eu Plank.

– Plank?

– Le major Plank. L'explorateur.

– Qu'est-ce qu'il vient faire là-dedans, celui-là?

– Tout! Tu as dû entendre parler du major Plank?

– Non.

– Oh, c'est un de ces types avec des porteurs indigènes, et ce genre de trucs, qui explorent... Qui c'est qui a rencontré un autre type, quelque part en Afrique, et qui a présumé que c'était le docteur quelque chose? Eh bien, ce Plank fait – ou, plutôt, faisait – le même boulot.

Un reniflement sonore parcourut le fil du téléphone – à tel point que la ligne faillit sans doute fondre, j'imagine, en plusieurs endroits.

– Bertie! clama la parente consanguine, après avoir embarqué une quantité d'air suffisante. Je suis un peu gênée par le fait d'être à l'autre bout du fil, mais si tu étais à portée de main, je t'en flanquerais une sur le côté de la figure que tu n'oublierais pas de sitôt... Veux-tu bien me dire, en termes clairs, et en quelques mots simples, si possible, de quoi tu es en train d'essayer de me parler?

– Je te parle de Plank. Et ce que je m'efforce de te faire comprendre, c'est que, bien qu'il soit explorateur, il n'explore pas en ce moment. Il est chez Cook à Eggesford Court.

– Et après?

– Et après, voilà ce qu'il y a! Plank m'est tombé dessus juste comme Graham venait de ramener le chat. J'étais occupé à me gargariser dans la cuisine en compagnie de Jeeves. Et, pendant que Plank était ici, le chat s'est mis à miauler! Naturellement, Plank l'a entendu! Il est inutile de t'expliquer la suite... Plank retourne chez Cook, il lui dit qu'il croit avoir entendu « Miaou » sous le toit de Bertram, et Cook, qui me soupçonnait déjà depuis notre fâcheuse rencontre, rapplique ici comme un loup dans la bergerie, ses cohortes tout étincelantes de pourpre et d'or! J'ajouterai – pour être complet – que Plank est parti en croyant qu'il n'avait pas entendu un chat, mais Jeeves qui faisait le chat! Il l'a cru, parce que tous ces explorateurs sont plus ou moins abîmés par le soleil et croient tout ce qu'on leur dit! Mais, est-ce que Cook va marcher? N'y compte pas! Je n'avais donc plus qu'une chose à faire, c'était de dire à Billy de ramener le chat – et c'est ce que je fis...

Je présume qu'un de ces as du barreau aurait exposé les faits avec plus de clarté, mais guère plus... Elle resta un moment silencieuse. Pour méditer, supposai-je, et peser le pour et le contre. Puis elle fit :

– Je vois...

– Bon!

– Il semble, après tout, que tu n'aies pas été ce suppôt de Satan, dépourvu du plus petit esprit de coopération, pour lequel je t'avais pris!

– Excellent!

– Désolée de t'avoir enguirlandé avec autant de vigueur!

– Ça ne fait rien, Vénérable Ancêtre! Tout comprendre c'est tout pardonner!

– Oui. Je veux croire que tu n'avais pas le choix. Mais ne t'attends pas à me voir chanter « Alléluia! » Tout mon plan de campagne tombe à l'eau...

– Oh, ce n'est pas sûr! Les choses vont peut-être s'arranger toutes seules! Après tout, Simla peut encore gagner la course!

– Certes! Mais je trouvais la perspective de gagner sans risque beaucoup plus souriante... Inutile de chercher à me réconforter, mon petit Bertie! Le moral n'y est plus...

– C'est comme moi...

– Pourquoi ça? Qu'est-ce qu'il a qui ne va pas, ton moral?

– Je suis fiancé à une fille dont la seule vue me fait chaque fois tomber en syncope...

– Quoi? Encore une? Qui est-ce, cette fois-ci?

– Vanessa Cook.

– Quelque parente du vieux Cook?

– Sa fille!

– Comment est-ce arrivé?

– Je lui avais proposé de l'épouser, il y a un an. Elle avait eu alors la bonne idée de refuser avec la plus grande fermeté. Et, juste maintenant, elle vient de faire irruption chez moi pour me dire qu'elle avait changé d'avis et qu'elle serait ma femme! Je te prie de croire que le coup a été rude...

– Tu n'avais qu'à l'envoyer balader!
– Non, je ne le pouvais pas.
– Pourquoi ne le pouvais-tu pas?
– Ça ne se fait pas chez les preux!
– Depuis quand tu es lépreux?
– Non! Les Preux! P. comme « poule au pot », R. comme « Rissole », E. comme « Elixir », et ainsi de suite. Tu as entendu parler des « Preux chevaliers », j'imagine! Eh bien, mon but est d'en être un.
– Ah, bon! Alors, si tu cherches à faire comme les Preux, ne sois pas surpris d'avoir des ennuis. Mais, je ne me ferais pas trop de bile si j'étais toi... Tu es sûr de t'en tirer d'une manière ou d'une autre! Si on mettait bout à bout toutes les filles avec qui tu as été fiancé, et auxquelles tu es parvenu à échapper, elles iraient de Piccadilly à Hyde Park Corner! Je ne croirai pas que tu te maries tant que je ne verrai pas l'évêque et ses acolytes s'éponger le front en disant : « Ouf! Voilà qui est fait! On est enfin arrivé à l'avoir, le bougre! »...

Et sur ces quelques paroles d'encouragement, elle raccrocha.

On pourrait croire alors que je retournai à ma lecture de *Par Ordre du Tzar* le cœur un peu plus léger. Et, pourtant, il n'en fut rien. J'avais, il est vrai, remis les choses au point avec la Vieille Parente Consanguine, et mis aussi par là un terme à son courroux – dont la persistance aurait pu m'amener à être banni de sa table, ce qui m'aurait privé des chefs-d'œuvre de son cuisinier français, Anatole, cette véritable bénédiction pour les sucs gastriques... Mais, comme je l'ai déjà dit, le C. de Bertram n'était pourtant pas l... Je ne pouvais m'empêcher de déplorer l'effondrement des rêves et des espoirs de la Vénérable Parente, et je devais bien admettre que j'en étais – quoique simple jouet du Destin – le seul responsable.

J'en fis part à Jeeves lorsqu'il entra avec les ingrédients pour la préparation du cocktail du soir.

– Mon cœur est lourd, Jeeves, dis-je, après avoir exprimé ma satisfaction à la vue des préparatifs.

– Vraiment, Monsieur? Comment cela?

– Je viens d'avoir une scène pénible avec ma tante Dahlia. Enfin, quand je dis « une scène », ce n'est pas tout à fait le mot juste, la discussion ayant été menée par téléphone. Est-ce que Graham est bien parti?

– Oui, Monsieur.

– Avec chat?

– Oui, Monsieur.

– C'est ce que j'ai dit à tante Dahlia, et elle s'est un peu laissé emporter par ses émotions... Vous n'avez jamais chassé avec la Quorn ou le Pytchley, je pense, Jeeves? Il semble que cela vous ajoute un certain piment au vocabulaire... donne un surcroît d'éloquence à l'orateur... La Vieille Parente Consanguine n'eut pas à chercher ses mots bien longtemps! On eût dit qu'ils sortaient comme les balles d'une mitrailleuse... C'est une chance que nous n'ayons pas été face à face... Dieu seul sait ce qui aurait pu se produire si nous l'avions été!

– Vous auriez dû informer Mme Travers des faits relatifs au major Plank, Monsieur.

– Je l'ai fait – dès que je pus placer un mot – et cela eut l'effet d'un... d'un quoi?

– D'un saint Baume, Monsieur?

– Exactement. J'allais dire : d'une manne dans le désert, mais un saint Baume est meilleur, je pense. Elle se calma, et admit que je ne pouvais guère faire autre chose que de ramener le chat.

– Très satisfaisant, Monsieur.

– Oui, de ce côté-là, j'avoue que j'ai assez bien redressé la situation. Mais il y a un autre point qui me tracasse un peu pour le moment... Jeeves, je viens de me fiancer.

CHAPITRE XIV

Comme chaque fois que je lui fais part de la nouvelle de mes fiançailles, Jeeves ne laissa paraître aucune émotion... Il garda son air de momie empaillée par un excellent taxidermiste... Il n'entrait pas dans ses fonctions, aurait-il dit, si vous le lui aviez demandé, d'outrepasser les limites des formalités en usage en pareilles circonstances.

– Vraiment, Monsieur? fit-il.

D'ordinaire, la discussion s'arrête là. Nous ne parlons jamais ensemble de la situation critique où je suis encore allé me fourrer... Je pense que ça ne serait pas convenable – si tel est bien le mot –, et je pense qu'il pense que ça ne serait pas convenable. Aussi, puisque nous pensons tous deux que ça ne serait pas convenable, parlons-nous d'autre chose...

Mais il s'agissait là d'un cas tout à fait spécial. Jamais auparavant – si je me souviens – je n'avais été fiancé à une fille aussi décidée à me voir dire adieu aux cocktails et à la cigarette lénifiante! Or, à mes yeux, cela justifiait amplement un débat en séance extraordinaire. Quand on est plongé dans le pétrin comme je l'étais alors, il est d'intérêt vital de procéder à un échange de vues avec un esprit supérieur – si vous en avez un sous la main –, aussi peu convenable que cela puisse paraître...

Aussi, lorsqu'il ajouta : « Permettez-moi de vous présenter mes félicitations, Monsieur », répliquai-je, en des termes qui sortaient un peu de notre routine :

– Non, je ne permets pas! Et il s'en faut de beaucoup! Jeeves, vous avez devant vous un homme réduit à peu près – pour autant qu'il est possible de l'être à un ancien élève d'Eton – à l'état de ce qu'on nomme à Harrow : « une larve »! Vous me voyez dans de sales draps, Jeeves.

– Je suis navré de l'apprendre, Monsieur.

– Et vous serez bien plus navré quand je vous aurai fourni de plus amples explications. Avez-vous jamais vu une garnison cernée par des hordes hurlantes de sauvages, et qui n'aurait plus, pour toutes munitions, qu'une seule boîte de cartouches, dont la réserve d'eau s'épuise, et qui ne voit pas venir le moindre Marine américain à l'horizon, Jeeves?

– Pas à ma souvenance, Monsieur.

– Eh bien, ma position est, en gros, celle d'une telle garnison – si ce n'est, qu'à côté de moi, elle serait plutôt confortablement installée! Comparés à moi, Jeeves, ces gens-là n'ont aucun souci à se faire!

– Vous me plongez dans l'inquiétude, Monsieur.

– Je n'en suis pas surpris. Et encore, je n'en suis même pas au début! Tout d'abord, je dirai que Mlle Cook, ma fiancée, est une jeune fille pour qui, certes, on peut avoir une grande estime et le plus profond respect, mais sur certaines questions, nous ne pouvons... quelle est l'expression?

– Partager une optique commune?

– C'est cela! Et le plus grave est que ces questions sont le comment appelle-t-on ça de toute ma politique! Qu'est-ce que c'est qu'ont toutes les politiques, Jeeves?

– Je pense que le mot « fondement » est peut-être celui que vous cherchez, Monsieur.

– Merci, Jeeves. Elle n'approuve pas quantité de choses qui sont donc le fondement de ma politique. Le mariage avec elle signifie qu'il me faudra les chasser de ma vie sans espoir de retour. C'est une fille qui a une volonté d'acier, et je la vois très bien faire sauter son mari à travers un cerceau de feu avec un morceau de sucre posé sur le bout du nez, si vous voyez ce que je veux dire!

– Parfaitement, Monsieur. Une image très haute en couleur.

– Les cocktails, par exemple, devront être bannis! Elle dit qu'ils sont mauvais pour le foie... Avez-vous remarqué, soit dit en passant, le terrible relâchement dans les mœurs auquel nous assistons de nos jours, Jeeves? Du temps de la reine Victoria, une jeune fille n'aurait jamais songé à parler ainsi d'un organe aussi intime en compagnie mixte...

– Très justement noté, Monsieur. *Tempora mutantur nos et mutamur in illis.*

– Tout à fait *Mutamur*, Jeeves. Cependant, ce n'est pas là le pire!

– Vous m'horrifiez, Monsieur.

– Je pourrais, au besoin, me passer de cocktails. Ce serait, bien sûr, une vie de martyr, mais un Wooster sait vivre à la dure... Mais elle a dit, en plus, que je devrai cesser de fumer.

– C'est véritablement le coup de pied de l'âne, Monsieur.

– Cesser de fumer, Jeeves!

– Oui, Monsieur. Vous remarquerez que j'en tremble.

– L'ennui, c'est qu'elle semble sous l'influence d'un de ses bons copains. Un type nommé Tolstoï. Je ne le connais pas, mais il paraît avoir des idées très spéciales. Vous n'allez pas me croire, mais il prétend qu'il ne sert à rien de fumer parce qu'on peut prendre le même plaisir en faisant des petits tourniquets avec les doigts! Faut-il qu'il soit un âne, Jeeves! Imaginez un grand dîner mondain dans la Haute Société – le genre de machin du style « décorations de rigueur » – ... on vient de porter le toast à la Reine. Des hommes parmi les plus influents se lèchent les babines en pensant au cigare qu'ils vont pouvoir fumer. Le Maître des cérémonies annonce alors : « Messieurs, vous pouvez faire des tourniquets avec vos doigts! » Ne me dites pas, Jeeves, qu'il n'y aurait pas une sensation de vide, une vague impression de déconvenue parmi l'assistance! Savez-vous quelque chose sur ce type? Qui ai-je dit, déjà? Ah, oui! ce Tolstoï! jamais entendu parler de lui, par hasard?

– Oh, si, Monsieur. Il fut un romancier russe des plus célèbres.

– Russe, hein? Ça ne m'étonne pas. Et un romancier? Il n'a pas écrit *Par Ordre du Tzar*, des fois...

– Je ne crois pas, Monsieur.

– Je pensais que c'était peut-être lui – sous un faux nom. Vous avez dit : « Il fut. » Il n'est plus parmi nous?

– Non, Monsieur. Il est décédé il y a quelques années.

– Bien fait! « Faites des petits tourniquets avec vos doigts! » C'est trop absurde! Ça me ferait bien rire! Seulement, elle a dit qu'il ne fallait pas non plus que je rie, parce qu'un autre de ses copains, du nom de Chesterfield, ne riait jamais! Notez bien qu'avec la tournure que prennent les choses, je n'ai vraiment aucune raison de rire! Et sachez que je n'ai pas encore mentionné ma principale objection à ce mariage! Ne concluez pas trop hâtivement qu'il s'agit du fait d'avoir un beau-père tel que Papa Cook inclus dans le lot – bien que, je vous avoue, rien que cela suffirait pour obscurcir l'horizon! Non. Ce qui me préoccupe le plus, c'est la pensée d'Orlo Porter!

– Ah, oui, Monsieur?

Je lui jetai un regard sévère...

– Si vous ne trouvez rien d'autre à dire que : « Ah, oui », Jeeves, ne dites rien...

– Très bien, Monsieur.

– La pensée, disais-je, d'Orlo Porter. Nous avons déjà fait mention de son humeur irascible, des muscles de ses bras puissants aussi durs que des ressorts d'acier, et de sa jalousie! La simple idée que j'infligeais à Mlle Cook ma répugnante compagnie, selon ses propres paroles, suffit pour qu'il parlât d'exposer mes entrailles au soleil. Que ne fera-t-il pas dès qu'il saura que nous sommes fiancés?

– Certainement, Monsieur, ayant été rejeté de façon aussi peu équivoque par la demoiselle, il lui sera difficile de vous blâmer...

– D'avoir rempli la place vacante? Ne croyez pas cela Jeeves! Il ne va pas manquer de penser que c'est à cause de moi que Vanessa l'a envoyé paître. Rien ne fera sortir du citron portérien que Bertram est un serpent venimeux de la pire espèce qui se cache dans l'herbe haute! Or, nous savons tous ce qu'il faut attendre de la part d'un serpent caché dans l'h.h... Jeeves, nous avons besoin de nous montrer des plus circonspects! Il nous faut trouver un plan pour l'empêcher de mordre, sinon, je ne donne pas cher de mes entrailles!

J'allais lui demander s'il avait gardé cette cravache ou « nerf de bœuf », pour employer le terme américain – qu'il avait confisquée quelques mois plus tôt au fils de ma tante Dahlia, Bonzo, – lequel l'avait achetée pour s'en servir sur un petit camarade de classe qui ne lui plaisait pas. Nous avions tous jugé préférable, à l'époque, qu'il ne la gardât pas en sa possession. C'était, bien sûr, tout à fait l'objet qu'il fallait pour soulager la tension des relations avec Orlo Porter. Armé de cet instrument, je pouvais défier Monsieur O.P. sans aucun problème! Mais, au moment même où j'allais parler, la ritournelle du téléphone retentit dans le vestibule. Je fis un vague geste de la main dans sa direction.

– Allez répondre, voulez-vous, Jeeves... Dites que je suis allé faire une promenade hygiénique suivant les ordres de mon conseiller médical. Ça doit être encore ma tante Dahlia. Bien qu'elle parût dans d'assez bonnes dispositions au terme de notre récent entretien, on ne sait jamais combien de temps ces assez bonnes dispositions peuvent durer...

– Très bien, Monsieur.

– Vous savez comment sont les femmes!

– Certes, Monsieur.

– Et particulièrement les tantes!

– Oui, Monsieur. Ma tante...

– Vous me parlerez d'elle plus tard.

– Quand vous voudrez, Monsieur.

Je me souviens qu'un jour Jeeves avait dit à mon ami Catsmeat – Potter – Pirbright – la fois où ce dernier avait misé sur un outsider qui, après avoir gagné d'une encolure, s'était fait disqualifier à la suite de quelque entorse au règlement commise par son jockey – qu'il paraissait « marqué du sceau de la mélancolie ». Et il devait en être de même de mon aspect général. Tandis que je faisais mes comptes et mesurais à quel degré de profondeur j'étais plongé dans la purée...

Comparé à d'autres articles sur la liste de mes soucis, le fait que la Vénérable Ancêtre cherchât à me joindre au téléphone pouvait sembler une cause mineure de préoccupation... Néanmoins c'était un ennui de plus ajouté aux autres. Cela ne pouvait signifier qu'une seule chose, craignais-je, c'est que les bonnes dispositions qui avaient été les siennes aux dernières nouvelles n'étaient déjà plus tout à fait aussi bonnes... Elle avait dû trouver encore un tas de machins à me sortir sur mon incapacité à me hisser au niveau minimum acceptable chez le neveu d'antan... Or, je n'étais pas en état de subir à nouveau ses virulentes critiques – surtout si elles devaient être énoncées d'une voix que des années passées à hurler « tayaut ! » après des renards ont façonnée de manière à ce que le système nerveux de l'auditeur s'en trouve réduit en bouillie...

C'est pourquoi, lorsque Jeeves revint, ma première observation fut-elle :

– Alors, qu'a-t-elle dit, Jeeves, et comment l'a-t-elle dit ?

– Ce n'était pas Mme Travers, Monsieur. C'était M. Porter.

Je me félicitai plus que jamais d'avoir envoyé Jeeves répondre au téléphone...

– Eh bien, alors, qu'est-ce qu'*il* a dit ? demandai-je, bien que j'en eusse une vague idée...

– Je suis au regret de ne pouvoir rapporter l'intégralité de la conversation verbatim, Monsieur. J'ai trouvé le Monsieur tout d'abord très incohérent dans ses propos. Je compris alors qu'il croyait s'adresser à vous, et que l'émotion nuisait à la clarté de son élocution. Après que je l'eus informé de mon identité, il modéra la rapidité de son débit et je fus ainsi mieux à même de le suivre. Il m'a laissé plusieurs messages pour vous.

– Des messages?

– Oui, Monsieur, spécifiant ce qu'il avait l'intention de vous faire la prochaine fois qu'il vous rencontrerait. Ses remarques furent surtout d'ordre crûment chirurgical. La plupart des plans qu'il ébaucha seraient d'ailleurs extrêmement difficiles à mettre en pratique. Ainsi, par exemple, sa menace de vous arracher la tête pour vous la faire avaler ensuite.

– C'est ce qu'il a ébauché?

– Entre autres choses plus ou moins du même ordre. Mais vous n'avez aucune appréhension à avoir, Monsieur.

Ce qui prouve bien dans quel état m'avaient mis « les traits et flèches d'une destinée contraire », comme l'a dit quelqu'un, c'est que je ne ricanai même pas en écoutant de tels propos. Je ne laissai même pas échapper un : « ah, ouais? » ni un « Que vous dites! » Je gardai simplement le visage enfoui dans mes mains...

Il poursuivit :

– Avant que je ne quitte la pièce, vous parliez, en termes fort appropriés, de la nécessité qu'il y avait d'empêcher M. Porter de mordre. J'ai le bonheur de vous informer que j'ai eu la chance d'y parvenir.

Il ne me parut pas possible d'avoir bien entendu ce que j'avais entendu... Aussi le priai-je de répéter sa stupéfiante déclaration. C'est ce qu'il fit, et je lui jetai un regard ahuri. On pourrait penser que je suis habitué, depuis le temps que je connais Jeeves, à le voir sortir en un tour de main des lapins d'un chapeau, ou bien résoudre en un éclair des problèmes qui auraient déjoué les efforts réunis des plus grands esprits, mais je n'en suis pas moins chaque fois aussi surpris... J'en eus le souffle coupé et les yeux qui se mirent à tourner dans leurs orbites géminées...

Je crus alors comprendre ce que devait cacher cette parfaite confiance avec laquelle il venait de parler.

– Ainsi, vous avez aussi songé au nerf de bœuf?

– Monsieur?

– Et vous l'avez en votre possession?

– Je ne vous comprends pas très bien, Monsieur.

– Vous ne vouliez pas dire que vous aviez toujours cette cravache confisquée à Bonzo, le fils de ma tante Dahlia, et que vous alliez me la donner afin que je sois armé au moment où Porter bondirait?

– Oh, non, Monsieur! L'instrument auquel vous faites allusion est enfoui parmi mes effets dans votre résidence londonienne.

– Alors, comment avez-vous fait pour l'empêcher de M.?

– En lui rappelant que vous aviez souscrit une forte assurance contre les accidents auprès de sa compagnie, Monsieur – et en attirant son attention sur l'inévitable mécontentement de ses employeurs si, à cause de lui, ils étaient contraints de vous verser une importante somme d'argent. J'ai eu très peu de difficulté à persuader ce Monsieur que toute action de caractère agressif de sa part serait une erreur...

Je renouvelai mon regard béat... Les ressources de son ingéniosité m'avaient abasourdi.

– Jeeves, fis-je, les ressources de votre ingéniosité m'ont abasourdi. Porter voit donc ses plans contrecarrés!

– Oui, Monsieur.

– A moins que vous ne préfériez « déjoués »?

– Contrecarrés, je pense, est plus fort.

– Nous qui parlions de l'empêcher de mordre! Après ça, il va devoir se faire faire un dentier tout neuf par son dentiste!

– Oui, Monsieur. Mais nous ne devons pas oublier que le fait d'écarter la menace représentée par M. Porter n'est qu'une demi-victoire. J'hésite à aborder un sujet délicat...

– Abordez, Jeeves! Abordez!

– J'ai cru comprendre, en partie à la suite de ce que vous aviez dit, et en partie d'après le ton de votre voix lorsque vous en parliez, que les perspectives concernant votre future union avec Mlle Cook ne vous semblaient pas entièrement réjouissantes, et il m'est apparu que beaucoup de désagréments seraient évités si la demoiselle et M. Porter se réconciliaient.

– Beaucoup, effectivement, mais...

– Vous étiez sur le point de dire, Monsieur, que la faille qui s'est formée entre eux est beaucoup trop grande pour cela?

– N'est-ce pas la pure vérité?

– Je ne le pense pas.

– Votre description coup par coup des hostilités m'avait plutôt laissé entendre qu'ils s'étaient quittés, comme l'on dit, à couteaux tirés, et cela de manière qui semblait définitive... Vous oubliez cette affaire de « poltron aux foies blancs »!

– Vous avez mis le doigt sur le fond même du problème, Monsieur. Mlle Cook appliqua ce terme à M. Porter lorsque celui-ci refusa d'affronter son père pour lui réclamer l'argent dont il est dépositaire.

– C'est cela. Et, d'après vous, il a dit que rien au monde ne le ferait défier le Père Cook en combat singulier!

– Certes, Monsieur. Mais la situation a été modifiée depuis par le fait que vous êtes maintenant fiancé à la femme qu'il aime. Pour regagner le cœur de Mlle Cook, on imagine qu'il serait prêt à faire face à des périls devant lesquels il aurait reculé jusqu'alors.

Je suivais très bien sa pensée, bien sûr, mais je n'étais toujours pas preneur... Je ne voyais pas Porter près de cesser de reculer...

– Par ailleurs, Monsieur, si vous alliez trouver M. Porter, et parveniez à lui faire voir que ses efforts risqueraient d'être couronnés de succès s'il choisissait d'affronter M. Cook peu après le dîner, il prendrait vraisemblablement le risque. Faites ressortir qu'une personne sous l'influence apaisante d'un bon repas est toujours mieux disposée à l'égard de toute forme de négociation que la même personne dans l'attente de sa nourriture – ce qui était, d'après ce que j'ai compris au cours de sa conversation avec Mlle Cook, l'état dans lequel se trouvait M. Cook la dernière fois où M. Porter et lui eurent une discussion d'affaires.

Je dus sursauter très visiblement. Son idée m'avait électrisé...

– Jeeves, m'écriai-je. Je crois que vous tenez quelque chose!

– Je le pense aussi, Monsieur.

– Je vais trouver Porter pour lui en faire part sans tarder. Il doit être à *l'Oie et la Sauterelle* en train de noyer son chagrin dans le gin et la bière au gingembre. Et, permettez-moi de vous dire une fois de plus, Jeeves, que vous êtes le Phœnix des hôtes de je ne sais plus où... Je souhaiterais pouvoir faire également quelque chose pour vous en échange.

– Il y a une chose, Monsieur...

– Elle est à vous! Fût-elle la moitié de mon Royaume! Vous n'avez qu'à dire un nom...

– Je serais extrêmement reconnaissant si vous m'autorisiez à passer la nuit chez ma tante.

– Vous voulez vous rendre à Liverpool? Un long voyage!

– Non, Monsieur. Ma tante est rentrée ce matin. Elle est actuellement chez elle, au village.

– Eh bien, courez la voir, Jeeves! Et fasse le ciel dans sa mansuétude que vos retrouvailles soient heureuses.

– Merci beaucoup, Monsieur. Au cas où vous auriez besoin de mes services, l'adresse est : Balmoral, Makefield Road au nom de Madame P.B. Pigott.

– Ah? Ce n'est pas une Jeeves?

– Non, Monsieur.

Il s'éclipsa, pour revenir quelques instants plus tard m'informer que M. Graham était dans la cuisine et souhaitait un petit entretien avec moi. Ce qui montre bien à quel point l'intense activité de la vie quotidienne à Maiden Eggesford m'avait éprouvé, c'est que tout d'abord, le nom ne me dit rien du tout. Puis, la mémoire regagnant son trône, je me sentis désireux de voir M. Graham autant que M. Graham paraissait désireux de me voir.

Ma foi en ses capacités de rameneur de chats était telle que je ne songeai même pas qu'il eût pu échouer dans sa mission. Mais, bien sûr, j'étais anxieux d'en apprendre tous les détails.

– Dans la cuisine, dites-vous?

– Oui, Monsieur.

– Alors, envoyez-le-moi, Jeeves. Il n'y a personne à qui je serais plus heureux d'accorder une audience!

Et l'homme parut sur l'heure – qui était six heures du soir.

Je fus frappé, comme la première fois, par l'extrême respectabilité de son apparence. On eût cru, à le voir, que pas un seul lapin – ni un seul faisan – au monde eût dû éprouver le plus petit frisson en sa présence... On l'imaginait sans effort tenant le rôle principal au sein de la chorale paroissiale quand vient le moment du motet... La suavité de son : « Bonsoir, Monsieur » était un vrai délice pour l'oreille...

– Bonsoir, fis-je à mon tour. Eh bien? Mission accomplie? Le chat a regagné ses anciens quartiers?

Son regard s'assombrit, comme si j'avais ranimé quelque peine secrète...

– Eh bien. Oui et non, Monsieur...

– Que voulez-vous dire par : « oui et non? »

– La réponse à la première de vos questions est affirmative. J'ai, en réalité, bien accompli la mission dont vous m'aviez chargé. Mais j'ai le regret de devoir vous dire que le chat n'est pas dans ses anciens quartiers.

– Je ne vous suis pas!

– Mais lui m'a suivi, Monsieur! Il est ici même. Dans votre cuisine. Je le ramenai donc à Eggesford Court comme convenu, et, là, le déposai près des écuries. Puis, je repris le chemin du retour, tout heureux d'avoir bien gagné l'argent que vous m'aviez si généreusement offert en paiement de mes services. Imaginez ma stupeur – et ma consternation – lorsque, sur le point d'atteindre le village, je découvris que le chat ne m'avait pas quitté... Il s'agit d'un animal très affectueux, et je dois dire que nous étions devenus grands amis... Souhaiteriez-vous que je le ramène? Bien entendu, je ne me sentirais pas justifié de réclamer à nouveau l'intégralité de mes honoraires... dix livres, dirons-nous?

Si vous désirez savoir l'effet qu'eut sur moi cette proposition, je peux vous dire, en un mot, que je lus dans ses pensées comme dans un livre! Beaucoup de gens, en voyant l'aspect franc et ouvert de ma physionomie, sont enclins à prendre Bertram Wooster pour le dindon de la fable. Mais, je sais reconnaître un filou lorsque j'en vois un – et je ne doutai pas une seule seconde d'en avoir un debout en face de moi!

Ce qui m'empêcha de toiser le bougre avec

hauteur, et de dénoncer son imposture, ce fut le sentiment que j'eus presque aussitôt d'être placé dans une impasse... Mon refus d'obtempérer signifiait qu'il irait tout droit trouver le Père Cook, et qu'il lui soutirerait une jolie petite somme en lui révélant que la Vénérable Ancêtre l'avait acheté pour subtiliser le chat... Après ça, malgré tout ce qu'elle avait dit au sujet de sa popularité à Maiden Eggesford depuis son interprétation de « Chaque Brave Fille aime Son Marin » – en tenue de marin –, je savais que son nom serait à jamais traîné dans la boue... De plus, j'ignorais toujours si cette affaire ne risquait pas de l'amener à purger un bref séjour en cabane... Auquel cas, la digestion de l'Oncle Tom en prendrait un sérieux coup dans le gésier, si j'ose dire...

Je produisis le billet de dix – sans grande joie, mais je le produisis... et il passa son chemin.

Après son départ, je demeurai un bon moment plongé dans mes pensées. C'est alors – à l'instant où je me levai pour aller trouver Orlo – que Vanessa Cook fit son entrée.

CHAPITRE XV

Elle était accompagnée d'un chien de couleur jaune, qui avait à peu près la taille d'un jeune éléphant et de grandes oreilles pointues, avec lequel j'aurais volontiers fraternisé, si, après avoir humé avec délice les effluves dégagés par le bas de mon pantalon, il n'avait aperçu quelque chose dans la rue qui dut éveiller son intérêt, et n'était parti en nous laissant seuls...

Vanessa, pendant ce temps, s'était emparée de *Par Ordre du Tzar*, et je compris, à la façon dont elle renifla, que l'ouvrage allait être l'objet de sévères critiques. Elle avait toujours eu un penchant très marqué pour le commentaire littéraire...

– Foutaises! lâcha-t-elle. Il est grand temps que vous vous mettiez à lire quelque chose d'un peu plus consistant, Harold! Je ne vous demande pas de commencer par Tourguéniev ou Dostoïevsky – faisant sans doute allusion, j'imagine, à une paire d'exilés russes qu'elle avait connus à Londres, et qui devaient plus ou moins écrivailler à leurs moments perdus pour se faire un peu d'argent –, mais il ne manque pas de bons livres qui sont plus faciles d'accès tout en étant aussi formateurs. Je vous en ai amené un, poursuivit-elle, et je vis qu'elle tenait un petit volume plat, relié en cuir souple, de teinte mauve, avec une sorte de motif doré sur la couverture, dont l'aspect suffit à me faire frémir d'angoisse. Pour un homme tel que moi, qui a vu tant de choses dans sa vie, veux-je dire, l'apparence d'un livre plat, relié en cuir souple et de teinte mauve, a toujours un côté sinistre...

– C'est un recueil d'essais drolatiques, intitulé *les Flâneries d'un Rimailleur en Prose*, de Réginald Sprockett, un jeune poète très brillant, en qui les critiques placent les plus grands espoirs. Son style a fait l'objet de commentaires des plus élogieux, mais c'est moins sur la forme que sur le fond de ces petits joyaux que j'attirerai tout particulièrement votre attention. Maintenant, je vous laisse. Il faut que je parte. J'étais seulement venue pour vous apporter le livre.

Vous allez peut-être croire que je chancelai sous le choc, mais, en réalité, je n'avais pas le cœur aussi lourd qu'on aurait pu le penser... Avec sa lucidité coutumière, mon esprit avait tout de suite perçu l'avantage que je pourrais tirer de ce répugnant objet! Il ferait un excellent cadeau de Noël pour ma tante Agatha – une personne toujours difficile à satisfaire à la période des fêtes de fin d'année!

J'étais en train de m'abandonner aux délices de cette pensée réconfortante, lorsque Vanessa poursuivit :

– Et, surtout, faites bien attention de ne pas le perdre! Il porte la signature de Réginald...

Jetant un coup d'œil sur la page de garde, je vis qu'il la portait effectivement... ce qui ne manquerait pas, me dis-je, d'émoustiller ma tante Agatha! Toutefois, non content d'inscrire son infâme nom sur le petit recueil en question, le bougre y avait aussi inscrit celui de Vanessa! « A Vanessa, la plus Belle entre toutes les Belles. De la part d'un Admirateur dévoué », avait-il cru bon d'écrire – flanquant du coup tout mon plan par terre! C'est alors seulement que je sentis mon cœur s'alourdir.

En effet, bien que cela n'eût été à aucun moment spécifié, j'avais le sentiment que je serais appelé dans peu de temps à subir un examen sur le contenu de l'affreux petit opus... Or, un échec aurait les pires conséquences!

Ayant déclaré qu'elle devait partir, elle resta encore, bien sûr, une bonne demi-heure, dont elle consacra la majeure partie à me fournir une liste supplémentaire des défauts dans la psychologie de mon personnage qui lui étaient venus à l'esprit depuis notre dernière rencontre. Ce qui montre bien à quel point le côté missionnaire est développé chez la femme, c'est qu'elle pût envisager un seul instant de faire équipe avec un individu aussi taré que B. Wooster! Ses meilleurs amis l'en auraient sans doute vivement dissuadée. « Envoie-le promener dans le monde des ténèbres où tout n'est que pleurs et grincements de dents! » lui auraient-ils dit. « Laisse-le tomber! Il ne rebondit même plus! Inutile de chercher à récolter les morceaux! Son cas est désespéré! »

C'est mon appartenance au club des Bourdons qui fournit alors le motif essentiel de ses observations. Il était clair qu'elle n'appréciait pas le club des Bourdons! Elle me fit comprendre de façon très nette qu'une fois notre lune de miel passée, je devrais enjamber son cadavre pour en franchir à nouveau le seuil.

Bref, si l'on considère le score final, le Bertram Wooster qui, à l'issue de la cérémonie sobre mais émouvante, signerait le cahier des charges dans la Sacristie, serait un B.W. non fumeur, un abstinent total (car je savais que les choses iraient jusque-là) et un ancien « Bourdon »... En un mot, l'ombre de lui-même. Aussi, ne serez-vous pas surpris si je vous dis qu'en l'écoutant ma gorge se serra comme avait dû le faire celle du porteur indigène le jour où on l'avait enterré avant le coucher du soleil!

Une telle perspective m'horrifiait. Or, tandis que j'étais horrifié, Vanessa se dirigea vers la porte, bien décidée, cette fois, du moins semblait-il, à la franchir. Mais à peine venait-elle de l'ouvrir – le pauvre Bertram étant bien trop l'ombre de lui-même pour la lui tenir ouverte – qu'elle bondit en arrière en lâchant un cri étouffé.

– Papa! lâcha-t-elle avec le cri étouffé. Il est dans l'allée du jardin!

– Il est dans l'allée du jardin? fis-je, sans réaliser sur le moment quelle raison pouvait avoir poussé Papa Cook à me rendre visite... Ce n'était pas dans la nature de nos relations, veux-je dire.

– Il vient de se baisser pour lacer une de ses chaussures, fit-elle, toujours sur le ton étouffé...

Ainsi prit fin sa participation active au dialogue. Sans un mot de plus, elle bondit dans la cuisine, aussi vite que l'eût fait un renard poursuivi à la fois par la Quorn et le Pytchley, et claqua la porte derrière elle. Je pouvais imaginer sans peine quelle devait être la cause de son émoi... Elle connaissait toute l'antipathie que son paternel éprouvait pour le dernier des Wooster – une antipathie si marquée, en fait, qu'il virait au violet et avalait son déjeuner de travers rien que d'entendre citer mon nom – et la trouver « at home » chez Bertram était à n'en pas douter la dernier chose qu'il pouvait souhaiter. Si Orlo Porter, apprenant que Vanessa faisait ce qu'il nommait des « visites clandestines » au domicile Wooster, avait éprouvé les pires soupçons, on pouvait penser que les soupçons du Père Cook seraient encore pires que ceux d'Orlo! Bien que mon âme fût blanche comme n., j'avais peu de chances de lui prouver que je n'étais pas un moderne Casa – quelque chose – pas Casabianca – c'est le nom du type qui est resté sur le pont d'un navire en flammes – Casa – nova! Je savais que je trouverais!

Or, les choses qu'il ferait à Vanessa, sous l'empire de la colère, comme l'on dit, ne manqueraient pas d'être aussi nombreuses que variées... Elle était, ainsi que je crois l'avoir signalé quelque part au cours du récit, d'une beauté altière, mais un père de la trempe de Papa Cook sait faire regretter à n'importe quelle beauté altière de ne pas avoir réfléchi un peu plus avant de faire un faux pas!... Même s'il ne pouvait plus très bien lui flanquer une belle trempe à coups de stick de chasse, comme dans le bon vieux temps, il pouvait encore lui supprimer son argent de poche, et même l'envoyer chez sa grand-mère à Tunbridge Wells, où elle devrait s'occuper de ses sept chats, et assister aux trois services religieux dominicaux... On pouvait donc comprendre qu'elle fût inquiète en voyant son père se baisser pour lacer une de ses chaussures devant l'entrée de : *la P'tite Niche* – qui était, je pense avoir omis de le mentionner, le nom exact de mon Q.G. (J'appris bien plus tard qu'il avait été construit pour une cousine de Mme Briscoe qui faisait de l'aquarelle.)

Mais si Vanessa était inquiète – à juste titre –, je ne l'étais pas moins. C'est l'âme en proie à une certaine trépidation – en fait, à une forte dose de trépidation – que j'attendis l'arrivée de mon visiteur. Trépidation qui ne fut en rien diminuée lorsque je vis qu'il avait son stick de chasse avec lui...

Il ne m'avait pas paru très attachant au cours de notre première rencontre – et j'avais le sentiment que je n'allais pas l'aimer beaucoup plus la deuxième fois – mais il y a une chose que je dois dire en sa faveur : il ne perdait pas de temps! Il faisait partie de ces gens dont les propos sont tranchants et directs, de ceux qui ne s'embarrassent pas de préliminaires fastidieux et qui foncent droit au but! C'est ainsi qu'il faut agir, je suppose, pour être un de ces aigles en affaires...

– Eh bien, M. Wooster – puisque c'est ainsi, crois-je comprendre, qu'il faut vous appeler en ce moment –, vous serez peut-être intéressé de savoir que mon ami le major Plank, qui avait perdu la mémoire, l'a retrouvée entièrement hier soir, et qu'il m'a tout raconté à votre sujet.

Le coup fut rude, et ne fut en rien atténué par le fait que je m'y étais un peu attendu. Aussi étrange que cela puisse paraître, je n'éprouvai aucune rancœur vis-à-vis de Papa Cook – jugeant en effet que Plank était le vrai responsable de cette pénible sit. A force de parcourir l'Afrique, veux-je dire, enfoncé jusqu'aux genoux parmi les serpents venimeux de toutes espèces et de tous calibres, et guetté en permanence par autant de pumas mangeurs d'hommes qu'il y a de feuilles sur les branches, il aurait pu, sans gros effort de sa part, passer de vie à trépas au grand regret de chacun! Au lieu de cela, l'individu avait survécu et, de plus, ne trouvait rien de mieux à faire pour passer le temps que de compliquer la vie des parfaits jeunes mondains – qui ne demandaient rien à personne, si ce n'est qu'on les laissât soigner en paix leur santé défaillante...

Cook poursuivit, de plus en plus virulent à chaque instant qui passait :

– Vous êtes un escroc notoire, connu de vos associés sous le nom de Joe le Tyrolien, et votre dernier larcin fut de chercher à vendre au major Plank une statuette de grande valeur que vous aviez volée à sir Walkin Bassett de Tutleigh Towers. Vous avez été arrêté par l'inspecteur Witherspoon, de Scotland Yard, fort heureusement avant que vous eussiez pu réaliser vos noirs desseins. Je présume, à vous voir en liberté, que vous avez purgé votre peine... Vous êtes maintenant à la solde du colonel Briscoe, qui vous a payé pour me voler mon chat! Avez-vous quelque chose à dire?

– Oui, dis-je.

– Non, dit-il.

– Je peux tout vous expliquer, dis-je.

– Non, vous ne le pouvez pas, dit-il.

Et, par tous les diables, je réalisai soudain que je ne le pouvais pas... Il m'aurait fallu pour cela me livrer à une longue analyse psychologique de sir Walkin Bassett, une autre de mon oncle Tom, une troisième de Stéphanie (Stiffy) Byng – maintenant l'épouse de Pinker le Putois – et une quatrième de Jeeves. J'en aurais eu pour deux heures et quart – à supposer qu'il m'écoutât sans m'interrompre, ce qu'il n'aurait sans doute pas fait...

La situation, par conséquent, ressemblait fort à ce que vous auriez pu appeler une impasse, et l'idée me vint à l'esprit que le meilleur plan à suivre serait peut-être de fuir sa présence en me mettant à courir – et de continuer à courir jusqu'à ce que j'eusse atteint la limite septentrionale de l'Écosse. C'est alors qu'un bruit pareil à la brusque explosion d'une usine à gaz interrompit ma rêverie... Je remarquai qu'il tenait à la main ce petit recueil que Vanessa, comme une gourde, avait omis d'emporter avec elle dans l'arrière-scène...

– Ce livre! hurla-t-il.

Je fis de mon mieux...

– Ah, oui, fis-je. C'est le dernier Reggie Sprockett. Je suis fidèlement toute sa production... Un jeune poète très brillant dont les critiques attendent de grandes choses... Il s'agit, au cas où cela vous intéresserait, d'essais drolatiques. Très remarquables. Ce n'est pas seulement la forme de ces petits joyaux, mais surtout le fond qui...

Ma voix s'éteignit. J'allais lui conseiller vivement d'en acheter un exemplaire, mais je vis qu'il ne semblait pas d'humeur à ça! Il fixait d'un œil torve la page qui portait l'inscription, et je savais que, dès lors, tous les mots que je pourrais dire seraient vains, comme le veut l'expression.

Il leva les bras et brandit son stick de chasse.

– Ma fille est passée par ici!

– Oh! En coup de vent!

– Ha, ha!

Je savais ce que ce « ha, ha! » voulait dire. C'était, en clair, l'abréviation de : « Et maintenant, je vais vous flanquer une de ces volées à vous laisser raide sur le tapis! » L'instant d'après, il utilisait la version complète, comme s'il n'était pas sûr de s'être bien fait comprendre...

Si vous veniez me dire : « Wooster! juste une seconde de votre temps si précieux... C'est pour un pari. Dites-moi ce que vous estimez préférable : vous faire exposer les entrailles au soleil des propres mains d'un individu, ou bien vous faire fouetter avec un stick de chasse jusqu'à ce que vous soyez raide sur le tapis? » Il me serait difficile de choisir une réponse. Ce sont deux choses, n'est-ce pas, que l'on souhaite plutôt voir arriver aux autres! Toutefois, après réflexion, je pense que je voterais en faveur de la deuxième formule – à condition que le type d'en face officiât dans une petite pièce étroite, car il ne serait pas long, dans ce cas, à s'apercevoir du caractère éprouvant de son entreprise...

Or, *P'tite Niche* possédait un minuscule salon dont les dimensions freinaient l'ampleur des mouvements, si bien que l'action de Cook s'en trouva limitée à une série de petits coups chopés qu'une personne dotée de ma vivacité n'avait aucune peine à éviter.

Je les évitai donc, sans grandes dépenses d'énergie musculaire, mais j'abuserais mon public si j'affirmais que la démonstration me procura un plaisir extrême... On souffre toujours un peu dans son amour-propre, il faut bien le dire, de se voir forcé à gambader comme l'agneau printanier pour obéir aux injonctions d'une espèce de vieux gnome à demi loufoque et qui refuse d'entendre raison! Or, dans l'état où il se trouvait, il était clair que le Père Cook n'aurait pas reconnu le vrai visage de la raison, lui eût-il été présenté sur son assiette personnelle avec du cresson dans les narines...

C'est cela, bien sûr, et cela seul – je veux dire le fait qu'il fût un vieux gnome à demi loufoque – qui m'empêcha de me réaliser pleinement au cours de la rencontre. L'association de son âge et de sa taille ne me permit pas de m'exprimer à mon plus haut niveau. J'aurais pu – et, sans doute est-ce là ce que j'aurais fait – flanquer un marron woostérien à un gnome un peu plus récent, ou alors à un vieux loufoque d'un format légèrement supérieur, mais, c'est ce que je veux dire, je ne pouvais pas me montrer trop sévère envers un pareil gnome qui avait dû fêter depuis longtemps son cinquante-cinquième printemps... Le Code des Wooster m'interdisait d'envisager un tel geste.

Je songeai à nouveau à mettre en œuvre la politique qui m'était tout d'abord venue à l'idée, – à savoir, m'enfuir en courant jusqu'à la limite nord de l'Écosse. En effet, je m'étais souvent demandé en lisant des histoires de types fouettés sur les premières marches de leur club, pourquoi ils n'avaient pas tout simplement grimpé en vitesse les autres marches et franchi la porte d'entrée, sachant que la main au bout du manche n'était pas, si l'on peut dire, membre du club, et n'avait aucune chance de passer devant le portier sans se faire arrêter!

L'ennui était que, pour m'enfuir jusqu'en Écosse, je devais tout d'abord tourner le dos à Cook – geste qui risquait d'être fatal! Je choisis donc de poursuivre un peu plus longtemps notre numéro de danse rythmique... C'est alors que mon ange gardien – qui, jusque-là, s'était contenté de rester assis sur la commode à contempler la scène – se décida enfin – et il n'était que temps! Comme on devait s'y attendre dans une maison portant le nom de *P'tite Niche*, il y avait, appuyée contre le mur, une grande horloge de parquet, et il fit en sorte que Cook se cognât dedans et s'étalât de tout son long... Il resta étendu sur le sol, l'air absent, me laissant le temps d'intervenir à mon tour avec toute la ressource des Wooster...

Il a déjà été dit que l'ancienne propriétaire de *P'tite Niche* s'exprimait généralement par le biais de l'aquarelle. Cependant, une fois au moins, dans sa vie d'artiste, elle avait été amenée à changer son numéro. C'est ainsi qu'il y avait, posé sur la cheminée, un grand tableau à l'huile fait de sa main qui représentait un type en tricorne et culottes de cheval, en grande conférence avec une jeune fille en chapeau à brides, enveloppée dans une sorte de mousseline. Or, dès que mon regard se posa dessus, il me revint tout à coup en mémoire l'histoire de Gussie Fink Nottle et du tableau, chez ma tante Agatha, dans le Worcestershire.

Gussie – vous me dites d'arrêter si vous la connaissez –, alors qu'il était suivi de très près par Spode, maintenant lord Sidcup, qui, si mes souvenirs sont bons, voulait lui tordre le cou, s'était réfugié dans ma chambre. Il était sur le point d'avoir le cou tordu, lorsqu'il eut l'idée de génie de décrocher un tableau du mur et de l'abattre sur la tête de Spode! Spode resta un instant ahuri de se retrouver ainsi avec le portrait d'un ancêtre de mon oncle Tom autour du cou – un peu à la façon d'une fraise élizabéthaine, mais en plus spacieux, si vous voyez ce que je veux dire – et j'eus tout loisir, mettant à profit le sang-froid des Wooster, de m'emparer d'un drap de lit et de l'enrouler dedans – rendant par là, selon l'expression courante, son attaque nulle et non avenue.

Je suivis à la lettre la même routine avec Papa Cook, utilisant cette fois-ci, petit a. le tableau, et petit b. la nappe qui se trouvait sur la table. Après quoi, je pris congé et me rendis à *l'Oie et la sauterelle* pour y rencontrer Orlo.

CHAPITRE XVI

N'importe qui – dont la connaissance des faits dans leur intégralité, pour reprendre un des bons mots de Jeeves, n'aurait pas été parfaite – se serait sans doute trouvé horrifié par l'audace avec laquelle je tentais ainsi le diable en venant me placer de mon plein gré à portée d'étripage d'Orlo Porter, et pensé que je ne serais pas long à le regretter...

Pour ma part, fort de la certitude qu'Orlo P. n'était plus qu'une puissance de cinquième ordre, j'étais capable d'envisager la rencontre avec tant d'insouciance que j'aurais pu me mettre à chanter en chemin.

Orlo, comme je l'avais prédit, était au bar, en train de prendre un gin au gingembre. Il posa son gobelet à mon approche, et m'observa d'un œil sombre – à la façon d'un dîneur un peu trop délicat qui verrait une chenille dans sa salade...

– Ah, c'est toi?

Je le lui concédai volontiers. En effet, on le sait, c'était moi. Aucune controverse possible à ce sujet. S'étant assuré qu'il n'y avait pas d'erreur sur l'identité de la personne que son œil sombre voyait approcher, il ajouta :

– Qu'est-ce que tu veux encore?

– Te dire un mot.

– Dis plutôt que tu es venu savourer ton triomphe!

– Pas le moins du monde, Porter, me récriai-je. Quand tu auras entendu les dernières nouvelles, tu vas te mettre à bondir comme les hautes collines de l'Évangile – quoique, entre nous, je n'aie jamais vu bondir de hautes collines, pas plus, d'ailleurs, que des basses... Porter, que dirais-tu si je t'annonçais que tous tes ennuis, tous les petits sujets de contrariété que tu peux avoir en ce moment, se seront dissipés avant que le soleil ait disparu là-bas, au couchant...

– Il est déjà couché.

– Ah, bon. Je n'avais pas remarqué.

– Et il est presque l'heure de dîner. Alors, si tu voulais bien déguerpir en vitesse...

– Pas avant d'avoir parlé.

– Tu as autre chose à dire?

– Beaucoup d'autres choses! Examinons avec calme, et en toute objectivité, la situation où nous nous trouvons plongés tous les deux. Vanessa Cook vient m'annoncer qu'elle veut m'épouser. J'apparais donc à tes yeux comme le serpent caché dans l'herbe haute! Eh bien, sois certain, camarade, que toute ressemblance entre Bertram Wooster et un serpent caché dans l'h.h. est purement fortuite! Lorsqu'elle m'a dit ça, je ne pouvais pas, de façon brutale, lui opposer un *nolle prosequis*! ça ne se fait pas! Mais, pendant tout ce temps où je lui laissai croire que j'étais d'accord, je ne cessai pas un instant de me traiter en moi-même de sombre crapule...

– C'est que tu *es* une sombre crapule!

– Non. Et c'est là qu'est ton erreur! Porter, je suis un homme de tact. Or, l'homme de tact n'épouse pas une fille éprise d'un autre type! Il y renonce!

Il finit son gin au gingembre. Soudain, comme je l'avais prévu, réalisant d'un coup le sens profond de mes propos, il faillit s'étrangler...

– Tu renoncerais à Vanessa pour moi?

– En totalité!

– Mais, Wooster, ce que tu fais là est très noble de ta part! Je suis confus de t'avoir traité de sombre crapule!

– N'en parle plus! Le genre d'erreur que tout le monde peut commettre!

– Tu me fais penser à Cyrano de Bergerac!

– On n'est pas sans avoir un certain code...

Jusque-là, il avait été tout sourire – ou presque tout sourire... Puis, à nouveau, il parut marqué du sceau de la mélancolie. Il lâcha un profond soupir, comme s'il venait de découvrir une souris noyée au fond de sa chope.

– Mais il ne sert à rien que tu fasses un tel sacrifice, Wooster. Vanessa ne consentira jamais à être ma femme...

– Mais bien sûr que si!

– On voit que tu n'étais pas là quand elle a rompu nos fiançailles!

– Mon représentant y était. Du moins, il était derrière la porte...

– Alors, tu sais, dans l'ensemble, ce qui s'est passé?

– Il m'a fait un rapport complet.

– Et tu es sûr qu'elle est toujours éprise de moi?

– A la folie! Les feux de l'Amour ne s'éteignent pas si vite pour une simple querelle d'amoureux!

– Simple querelle d'amoureux! Et mon œil gauche! Elle m'a traité de « poltron-aux-foies-blancs »! Elle a dit aussi que j'étais « le trouillard-le-plus-pétochard-de-toutes-les-poules-mouillées-que-la-Terre-ait-jamais-portées »! On se demande où elle va chercher toutes ces expressions! Et tout ça parce que je refusais d'aller trouver le vieux Cook pour lui réclamer ce qui est à moi... J'y suis allé une fois, il y a quelque temps, et je lui ai déjà demandé, en termes très courtois, de bien vouloir cracher l'argent. Mais, macache! Et maintenant, elle veut que je recommence en tapant du poing sur la table pour lui faire voir de quel bois je me chauffe!

– Tu devrais, Orlo! Il n'y a pas autre chose à faire! Que s'est-il passé la dernière fois?

– Il a carrément refusé.

– Carrément refusé de quelle façon?

– De la façon la plus carrée! Et ce sera la même chose si je recommence!

Il venait, sans le savoir, de me tendre la perche que j'attendais... Je me demandais depuis un moment quelle serait la meilleure manière d'amener sur le tapis ce que j'avais prévu de lui dire. Aussi lui adressai-je un de ces sourires subtils dont j'ai le secret, et il me demanda pourquoi je me fendais la pipe...

– Pas si tu sais choisir le moment opportun, Orlo! fis-je. Quelle heure était-il lorsque tu as fait ton premier essai?

– Environ cinq heures de l'après-midi.

– C'est ce que je pensais! Pas étonnant qu'il t'ait envoyé paître! Cinq heures de l'après-midi est le moment de la journée où le côté enjoué de l'individu est au niveau le plus bas! Les effets du déjeuner n'agissent plus depuis longtemps, et les cocktails du soir ne sont pas encore en vue! Il n'est pas d'humeur à obliger qui que ce soit à propos de quoi que ce soit. Cook est sans doute un dur à cuire, mais un bon dîner adoucit les plus durs à cuire d'entre nous! Aborde-le quand il a fait le plein, et, crois-moi, tu seras surpris du résultat! Des copains du club des Bourdons m'ont dit qu'en se présentant devant lui après qu'il eut attaqué le repas du soir, ils avaient pu obtenir d'Oofy Prosser certains emprunts substantiels!

– Qui est Oofy Prosser?

– Le millionnaire du Club. Un type qui, aux heures creuses de la journée, veille sur les cordons de sa bourse, avec un œil de rapace. Cook est probablement comme lui... Alors, haut les cœurs! Grouille-toi, Porter! sois cinglant, résolu et plein d'audace, lui dis-je en me souvenant en gros d'un gag tiré de cette pièce, *Macbeth,* que j'ai mentionnée quelque part.

Il parut impressionné – qui ne l'eût pas été? Sa figure s'illumina comme si elle venait d'être éclairée de l'intérieur.

– Wooster! s'écria-t-il. Tu as raison! Tu m'as ouvert la voie! Tu m'as montré la route! Merci, mon vieux Wooster!

– Pas de quoi, vieille branche.

– C'est extraordinaire! fit-il. N'importe qui, en voyant un benêt pareil, croirait que ce regard de merlan frit cache une dose d'intelligence à peu près semblable à celle d'un flétan crevé...

– Merci, Porter, vieille branche.

– Pas de quoi, mon vieux Wooster. Et pendant tout ce temps, tu ne perds pas une seule seconde cette admirable faculté que tu as de pénétrer la psychologie des êtres...

– Disons que j'ai mes profondeurs cachées...

– Et bien cachées! Sacré vieux Wooster!

Et, l'instant d'après, il me priait d'accepter un gin au gingembre comme si nous étions la plus vieille paire d'amis du monde, sans que la question de mes viscères fût jamais venue se glisser entre nous!

Reprenant le chemin de la *P'tite Niche* quelques gins au gingembre plus tard, après ce que l'on pourrait pratiquement appeler mon agape avec Orlo, j'éprouvai cette plaisante sensation, si rare de nos jours, que le Bon Dieu était bien dans son Paradis, régnant en paix sur l'Univers, comme disait l'autre. Je comptai un à un tous les bienfaits dont j'étais comblé, et trouvai la somme totale des plus satisfaisantes. Tout était redevenu calme sur l'ensemble du front Wooster. Billy Graham était en route pour ramener le chat parmi son petit cercle d'intimes à Eggesford Court. Porter et Vanessa Cook ne tarderaient pas à former à nouveau un gentil petit couple d'amoureux. Et si ma popularité auprès de Papa Cook était à marée basse, au point de me laisser peu d'espoir de recevoir de lui un cadeau pour Noël, ce n'était là qu'une légère faille dans les rouages – ou bien est-ce une « paille »? Je n'arrive jamais à m'en souvenir. Bref, tout marchait aussi bien que lorsque maman s'en occupe – suivant une expression fort connue –, et c'est un B. Wooster tout joyeux qui, entendant résonner la petite musique cristalline du téléphone, alla répondre lui-même, avec – ou peu s'en fallait – une chanson aux lèvres...

C'était la Vénérable Parente, et même l'oreille la moins fine aurait sans doute perçu qu'elle semblait vivement secouée...

Durant les quelques premiers instants qui suivirent la prise de contact, elle se contenta d'émettre une sorte de halètement rauque mêlé de gargouillis, un peu semblables à ceux qu'aurait fait entendre un puissant nageur sur le point d'agoniser...

– Allô, fis-je. Quelque chose ne va pas?

Au cours de ce récit, il a été fait mention à plusieurs reprises d'un certain nombre de ricanements divers, mais aucun n'était comparable, par le côté à la fois grinçant et explosif de sa sonorité, à celui que produisit à ces mots la Vénérable Ancêtre.

– Quelque chose ne va pas! reprit-elle d'une voix de tonnerre. Et tu choisis le moment où je délire presque pour me poser une question pareille? Est-ce que ce maudit chat a bien regagné sa réserve au moins?

– Billy Graham a la situation bien en main.
– Tu veux dire qu'il est déjà parti...
– Oui. Et il est revenu. Mais le chat aussi. Il l'a suivi. Du moins, c'est ce qu'il dit – pas le chat, Billy! Quoi qu'il en soit, il est arrivé ici avec le chat sur les talons. Mais, maintenant ils sont repartis tous les deux. Graham devrait être en train de déverser l'animal en ce moment même... Mais d'où vient l'agitation?...
– Je vais te dire, d'où vient l'agitation! Si ce chat ne rentre pas dans ses foyers immédiatement, et même plus vite que ça, c'est la ruine totale qui me guette – et Tom est sûr de choper la pire indigestion qu'il ait jamais eue depuis la fois où il avait tant mangé de homards à son club... Et tout ça sera de ma faute!
– Tu viens de dire que ce serait la faute de qui?
– La mienne. Pourquoi?
– Oh, pour rien... Je me demandais seulement si j'avais bien entendu.
Je suis tellement habitué à ce qu'on mette tout sur le compte de Bertram chaque fois que quelque chose ne marche pas, que ses paroles m'avaient causé une vive surprise! On ne trouve pas souvent une tante qui accepte de tendre l'autre joue quand elle a un neveu sous la main pour lui faire porter le chapeau... Il est à peu près universellement admis que les neveux sont plus ou moins faits pour ça... Aussi fut-ce d'une voix un peu tremblante que je réclamai un supplément d'information.
– Qu'y a-t-il qui ne te paraît pas tourner rond? demandai-je – ou m'enquis-je.

Les tantes en général constituent une catégorie de gens qui n'écoutent jamais ce que vous leur dites... Elle ne répondit donc pas à ma question, mais s'embarqua dans une sorte d'introduction générale à une longue conférence sur les conditions d'existence dans le pays de ses ancêtres.

– Écoute bien ce qu'il y a qui ne tourne pas rond dans l'Angleterre d'aujourd'hui, Bertie! Il y a qu'il y a beaucoup trop de monde rempli de scrupules, de grands principes, et autres foutaises de ce genre! Tu ne peux plus faire un pas sans avoir aussitôt sur le dos quelqu'un qui s'offusque, sous prétexte que tu vas à l'encontre de son fichu code moral! Prends Jimmy Briscoe! On aurait pu croire qu'un type comme lui avait les idées larges! Eh bien, pas du tout! Il ne se serait pas montré plus collet monté, s'il avait été l'archevêque de Canterbury en personne! Tu vas peut-être penser que c'est à cause de son pasteur de frère, mais je ne suis pas d'accord! Lui, au moins, il est excusable de se montrer un peu tatillon sur la morale, à cause de son métier. Mais Jimmy! A le croire, on aurait dit au moins que je m'étais rendue coupable de tirer sur un renard avec un fusil – ou un acte de cet ordre-là! Quand je pense que je ne faisais même pas ça pour moi! Que c'était par pure gentillesse pour lui – parce que j'avais vu qu'il prenait à cœur cette histoire d'orgue et qu'elle lui causait vraiment du souci! Mais, bon sang, si François d'Assise en avait fait autant, tout le monde se serait écrié quel type merveilleux c'était, combien il était dommage qu'il n'y en eût pas d'autre comme lui, etc...

Tandis que la façon dont Jimmy a pris la chose!

Je vis que si je ne l'arrêtais pas d'une main ferme, elle risquait de continuer ainsi pendant encore un bon bout de temps...

– Excuse-moi si je te semble un peu lent, Vénérable A., fis-je, mais si tel est le cas, mets-le sur le compte du fait que tu me parais être en pleine crise de démence! Tes paroles font songer au crépitement des brindilles dans l'âtre, comme l'a dit je ne sais qui. De quoi diable crois-tu que tu es en train de me parler depuis un moment!

– Quoi! Tu ne m'as pas écoutée!

– Je n'ai fait que ça, Vieille Aïeule! Mais sans parvenir à m'approcher à moins d'un kilomètre et demi de ce que tu cherchais à me dire!

– Grands Dieux! J'aurais dû me douter qu'avec toi il fallait s'exprimer en mots de deux syllabes au plus! Voici donc, traduit en langage simple, et mis à la portée de toutes les intelligences, y compris la tienne, ce qui s'est passé. Comme je me trouvais avec le pasteur, il me fit part du souci que lui causait l'orgue de l'église, en me disant que l'instrument était sur le point de rendre l'âme, et qu'il n'avait pas d'argent pour payer le vet. parce qu'il avait déjà tapé Jimmy d'une assez jolie somme pour boucher les trous dans le toit, et que s'il le tapait une autre fois pour l'orgue tout de suite après, il risquait d'y avoir un sacré raffut! Aussi que diantre pouvait-il trouver pour se faire un peu d'argent, me dit-il, il ne le savait fichtre pas!

Bref, tu me connais, Bertie. Je suis une femme

qui a un cœur d'or – toujours soucieuse de semer un peu de joie et de gaieté autour d'elle partout où elle passe... Je lui ai dit que s'il cherchait un magot facile à trouver, il n'avait qu'à miser sa chemise sur Simla, le cheval de Jimmy. C'est là que j'eus le tort de lui parler du chat, pour bien lui faire voir qu'il pouvait y aller les yeux fermés...

– Mais?

– Boucle-la, veux-tu, et écoute-moi! Tu ne peux donc pas t'arrêter de parler une demi-seconde? Je sais ce que tu allais me dire – que tu rendais le chat à Cook. Mais c'était avant que tu m'en parles! Aussi, je fonçai droit devant, sans peur, ne pensant qu'à la joie que j'allais lui donner... J'aurais dû penser qu'un homme d'Église aurait des scrupules! Néanmoins, sur le moment, ça ne m'a pas frappée... Bref, pour te résumer l'histoire, il est allé voir Jimmy et lui a craché le morceau! Et Jimmy s'est fâché tout rouge! « Ramenez-moi ce chat chez lui, et plus vite que ça! » fit-il en gros, plus un tas d'autres trucs pour dire qu'il était choqué, horrifié, et j'en passe... Ce qui n'aurait pas été trop grave, s'il s'était contenté de me dire ce qu'il pensait de moi et de mon idée... Mais il est allé encore plus loin! Il a dit que si le chat n'était pas rendu à Cook dans l'heure qui suivait, il retirait Simla de la course! Il a juré qu'on ne verrait pas Simla au poteau de départ – ce qui signifie, en clair, que je verrais la vaste somme que j'ai placée sur ses naseaux s'envoler en fumée...

– Mais...

– Oui, je sais. Tu m'avais informée que tu faisais ramener le chat! Seulement, comment pouvais-je savoir si, en y réfléchissant – si ça t'arrive – tu n'allais pas finir par penser que tu laissais filer la bonne affaire et changer d'idée – si tu en as!

Je saisis son point de vue...

Un neveu poussé par la soif de l'or, et qui n'aurait pas été doté de l'esprit loyal des Wooster, auait pu songer à faire ce qu'elle avait craint... pas étonnant qu'elle fût vivement secouée... Ce fut un réel plaisir pour moi de la rassurer.

– Cesse de t'alarmer, V.A.! fis-je – Billy Graham a bien remis le cap sur la Cookerie! Il doit être rendu à l'heure qu'il est.

– Au complet? Chat compris?

– Jusqu'à la dernière goutte!

– Aucun souci à se faire de ce côté-là?

– Aucun! rien à craindre du côté de la non-participation de Simla.

– Eh bien, tant mieux! Tu m'ôtes un sérieux poids de l'estomac – bien qu'il soit toujours un peu décevant de penser qu'on n'a pas misé de façon certaine son petit paquet sur le dos du vainqueur...

– T'apprendra, chère Parente Consanguine, à vouloir maquiller des chevaux...

– Oui, peut-être bien...

Il s'ensuivit un petit brin de causette supplémentaire, car lorsqu'une de vos tantes met le grappin sur un appareil téléphonique, elle ne le lâche pas volontiers, mais elle finit à la longue par raccrocher. Prenant alors le poème *le Temps des jonquilles*, j'y jetai un coup d'œil distrait...

Son contenu m'apparut encore plus impropre à la consommation que je ne l'avais imaginé... Or, tandis que, gagné par la nausée, je détournai mon regard du hideux petit ouvrage, j'aperçus Herbert Graham qui pénétrait dans la pièce par la porte de la cuisine...

Le caractère subit de son apparition, allié au fait que je le croyais déjà rendu à Eggesford Court, fit que je me mordis la langue – toutefois, si grande fut ma stupeur que je ne sentis pas la douleur...

– Grands Dieux! vitupérai-je, si le mot existe.

– Monsieur?

– Vous n'êtes toujours pas parti? Vous devriez être déjà sur le chemin du retour!

– C'est exact, Monsieur. Mais il s'est produit une chose qui ne m'a pas permis de partir avec toute la célérité que j'aurais souhaitée, Monsieur.

– Et quelle était cette chose? Ils vous ont fait attendre à la banque pour compter votre argent?

Paroles amères, certes, mais justifiées, me sembla-t-il. En pure perte, d'ailleurs, car il ne broncha même pas sous le sarcasme.

– Non, Monsieur, rétorqua-t-il. Ma banque est à Bridmouth et les bureaux sont fermés depuis longtemps à cette heure-ci. L'occurrence à laquelle je fais allusion s'est passée en ces lieux mêmes – en fait, pour être très précis, dans ce salon. J'étais retourné prendre le chat dans la cuisine, où je l'avais laissé dans son petit panier en osier, lorsque je perçus des bruits provenant de cette pièce. Présumant que vous étiez déjà parti, j'entrai pour m'enquérir de leur origine, craignant qu'un cambrioleur ne se fût introduit dans la place, et là, sur le parquet, gisait une forme humaine enveloppée dans une nappe! Je soulevai celle-ci, et je vis alors M. Cook! Il avait un tableau à l'huile autour du cou, et vociférait comme un être possédé du démon!

Il s'arrêta. Après un instant de réflexion, je décidai de le laisser en dehors du coup. Il n'est jamais bon, me dis-je, de mettre trop d'individus comme ce Graham dans sa confidence!

– Enveloppé dans une nappe, hein? fis-je, sur un ton détaché. Je suppose que des types du genre de Cook sont appelés tôt ou tard à se retrouver enveloppés dans des nappes!

– Le spectacle m'a profondément affecté!

– Je n'en doute pas. Des spectacles comme celui-là ont tendance à vous faire un peu bondir sur le coup. Mais on s'en remet assez vite, vous ne trouvez pas?

– Non, Monsieur. Pas moi. Et je peux vous dire pourquoi je demeurai « frappé de stupeur », je crois, serait l'expression qui convient. C'est à cause de son langage! Ainsi que je vous l'ai dit, il s'exprimait en termes très violents, et il m'apparut que ce serait pure folie de ma part de me rendre dès lors à Eggesford Court, où je m'exposais à le rencontrer de nouveau dans les dangereuses dispositions qui étaient les siennes. Je suis marié, et chargé de famille, Monsieur... C'est pourquoi, si vous tenez toujours à ce que le chat regagne ses anciens quartiers, vous devrez trouver un autre agent, Monsieur... Sinon, vous n'avez qu'à faire un saut vous-même jusqu'à Eggesford Court et vous charger de la mission...

Sur ce, pendant que je demeurai à le contempler, perplexe et médusé – à moins que ce ne fût plutôt médusé et perplexe –, planté sur le tapis d'un salon, à Maiden Eggesford, Somerset, il se retira...

Je restai ainsi planté un bon moment, fixant, sans le voir, l'endroit qu'il venait de quitter... Je compris, mais un peu tard, à quel point j'avais été idiot de permettre à Jeeves de suivre son humeur primesautière et de perdre son temps à folâtrer avec ses tantes, alors qu'il était prévisible que ses conseils et son support moral me seraient nécessaires à un moment ou à un autre! Brusquement, je réalisai que le téléphone sonnait...

C'était, et je n'en fus pas surpris, à nouveau la chère sœur de mon défunt père, alias ma tante Dahlia, et je compris tout de suite qu'elle avait déjà appris la tragique nouvelle de la bouche de Billy Graham.

En quelques paroles bien choisies, elle m'apprit, du moins le crut-elle, que Graham – qu'elle traita au passage de vermine et de faux je-ne-sais-quoi – avait refusé de manière catégorique de remplir ses engagements les plus sacrés...

– Il m'a raconté une histoire abracadabrante à propos de ce Cook qu'il aurait trouvé dans ta maison, enveloppé dans une nappe, avec, en plus, un tableau – à l'huile – autour du cou... Il a dit que maintenant, il avait peur de s'approcher de lui! Bref, il m'a paru divaguer...

– Non. C'est tout à fait vrai...

– Quoi? Tu veux dire qu'il était bien enveloppé dans une nappe? et avec un tableau passé autour du cou? et à l'huile?

– Oui.

– Comment cela lui est-il arrivé?

– Nous avons eu un léger différend... Enfin, voilà... Ça s'est terminé comme ça...

– Tu confirmes que c'est à cause de *toi* que Graham s'est dégonflé?

– D'une certaine manière... Si l'on veut... Mais laisse-moi te raconter brièvement l'épisode, fis-je.

Et je le fis. Lorsque j'eus terminé, elle reprit le micro... Sa voix était presque calme...

– J'aurais dû me douter que s'il y avait un moyen de saborder des négociations aussi délicates que celles-là, tu ne manquerais pas de t'en charger! Eh bien, mon petit Bertie, puisque c'est de ta faute si Graham nous laisse choir avec un bruit mou, c'est à toi de prendre sa place!

Je le savais... Graham lui-même, souvenez-vous, avait eu la même idée. Or, j'étais toujours aussi anxieux d'étouffer dans l'œuf une telle suggestion!

– Non, m'écriai-je.

– J'ai bien entendu? Tu as dit : Non?

– Oui! Mille fois non!

– Tu as peur, hein?

– Je n'ai aucune honte à l'admettre.

– Tu n'aurais aucune honte à admettre pratiquement n'importe quoi! Où est donc passée ta fierté? As-tu oublié tes glorieux ancêtres? Il y avait un Wooster, au temps des croisades, qui aurait gagné la bataille de Joppa à lui tout seul s'il n'était pas tombé de cheval!

– Sans doute, mais...

– Et le Wooster qui a fait la guerre d'Espagne? Wellington disait de lui qu'il n'aurait jamais eu de meilleur espion si...

– Très possible. Néanmoins...

– Tu ne veux pas te monter digne d'un passé aussi prestigieux?

– Pas si je dois pour cela me trouver nez à nez avec Cook.

– Eh bien, si tu refuses, tu refuses! Pauvre vieux Tom! Comme il va souffrir! Tiens, à propos de Tom, j'ai reçu au courrier une longue lettre de lui ce matin. Il ne parle que du somptueux repas qu'Anatole avait cuisiné le soir précédent... Il était positivement dithyrambique! Il faudra que je te la fasse lire! Te fera monter l'eau à la bouche! Il semble qu'Anatole ait atteint cette fois-ci un degré de perfection que seuls les chefs français savent parfois atteindre... Tom ajoute en post-scriptum : « Je suis sûr que Bertie aurait particulièrement apprécié. »

Je suis plutôt perspicace dans ce domaine... L'horrible menace qui se cachait en pointillé derrière ces paroles ne m'échappa point... Elle était en train de passer de la main de velours au gant de fer, ou vice versa, et me laissait entendre, en clair, que si je ne me pliais pas à son bon plaisir, elle n'hésiterait pas à recourir à certaines sanctions visant à me tenir désormais à l'écart de l'incomparable cuisine de son chef génial Anatole...

Je fis le grand plongeon...

– Ne m'en dis pas plus, Vieille Parente Consanguine, fis-je. J'ai tout entendu... Je ramènerai seul et sans escorte le chat de Cook dans sa réserve. Et qu'importe, si, à ce moment-là, ce vieux chacal bondit soudain de derrière un buisson et me découpe en lanières, avec son stick de chasse! Ça ne fera jamais qu'une tombe de plus au flanc de la colline! Pardon? Qu'est-ce que tu as dit?

– J'ai simplement dit : « Tu es mon héros... » fit la Vénérable Parente.

CHAPITRE XVII

Notez bien, j'étais plus à plaindre qu'à blâmer pour avoir montré quelque réticence dans de pareilles circ... Lorsqu'on est plongé à ce point dans la purée, il est normal que le côté poule-mouillée – roi-des-trouillards – grand-pétochard se manifeste un peu chez n'importe lequel d'entre nous...

Je me souviens qu'un jour – alors que je me trouvais face à la rude tâche qui consistait à défier ma tante Agatha, en refusant avec fermeté d'héberger son ignoble fils, Thos, dans mon appartement londonien, pendant ses vacances de mi-trimestre, et de l'amener, primo, au British Museum, secundo, à la National Gallery, et, tertio, voir une pièce d'un type nommé Tchékhov au théâtre du Vieux Vic – Jeeves, à qui je faisais part de mon malaise à la pensée de la tournure que risquaient de prendre les choses, m'avait dit que mon agitation était fort compréhensible...

Entre la réalisation d'un acte que l'on redoute et sa conception première, m'avait-il dit, il y a une période intermédiaire, marquée par toutes sortes de fantasmes et de crises d'angoisse, pendant laquelle l'esprit créatif et les instruments de la création délibèrent, et où l'État intérieur de l'Homme, tel un minuscule Royaume, subit une espèce d'insurrection...

Je l'aurais exprimée, pour ma part, avec plus de clarté, mais j'avais compris sa pensée... Dans des moments pareils, voulait-il dire, vous avez fatalement les foies qui blanchissent, et il n'y a rien que vous puissiez faire pour l'éviter.

Je dissimulai donc de mon mieux les tremblements qui m'agitaient. Une vie entière passée à recevoir en travers des gencives les coups de boutoir de la Destinée ont plaqué sur le visage de Bertram Wooster un masque impénétrable... Tandis que je prenais le chemin d'Eggesford Court avec mon ami le chat, personne n'aurait cru, à me voir, que je n'avais pas l'âme aussi paisible que l'huître endormie dans sa coquille. Mais, en réalité, sous ces traits de granit, j'étais loin de me sentir parfaitement serein! En fait, vous n'auriez pas été très loin de la vérité si vous aviez dit que j'étais prêt à bondir au moindre bruit – un peu comme l'aurait fait le chat, s'il s'était posé tout à coup sur un toit brûlant...

Je ne sais jamais, quand je suis au milieu d'un récit plein d'émotions fortes et d'action violente – et c'est ici le cas – si je dois foncer droit devant moi, ou faire une pause par-ci par-là, afin de colmater quelques brèches avec ce que l'on nomme : de « l'atmosphère ». Certains préfèrent la première formule, d'autres la seconde... Pour le bénéfice de ces derniers, j'indiquerai que la nuit était belle. Une douce brise soufflait sous le regard étincelant des étoiles. L'air était chargé de senteurs végétales. Il se pourrait même que la lune brillât, et tout ce qui s'ensuit... Après quoi, j'en arrive enfin au factum...

Il faisait déjà sombre à l'heure où j'atteignis le territoire des Cook – ce qui me convenait à merveille, car je venais y accomplir une sombre tâche!... Je parcourus en voiture environ la moitié de l'allée, et poursuivis à pied par le raccourci en rase campagne. Mes amis les plus fidèles m'auraient sans doute averti que j'allais au-devant de sérieux ennuis. Et ils ne se seraient pas trompés. La visibilité étant presque nulle, le terrain plein de bosses, et le chat n'arrêtant pas de gigoter, on aurait pu parier que je n'allais pas tarder à ramasser une bûche... Et, en vérité, je ne tardai pas... J'approchais des écuries, lorsque je tombai sur un endroit fangeux... Je sentis mes pieds se dérober sous moi. Le chat s'échappa de mes bras pour atterrir je ne sais où, et je me retrouvai allongé par terre, le visage enfoui dans ce qui était – il n'y avait aucun doute possible à ce sujet – une substance fangeuse qui devait stagner là depuis pas mal de temps, et à laquelle s'étaient jointes, au fil des jours, un certain nombre d'autres substances déplaisantes... Je me souviens avoir pensé, tandis que je luttais sur le sol pour me dépêtrer de ce magma, que c'était une chance que je ne fusse pas en route pour quelque réunion mondaine, car cette gadoue m'aurait ôté quatre-vingts pour cent de mon charme personnel – si ce n'est davantage. Ce n'était plus Bertram Wooster, le fringant boulevardier, qui entreprit de regagner la voiture – mais une sorte d'épave de la société : le genre de type qui trouve ses vêtements sur le premier épouvantail venu, et dort pendant des mois sans les enlever.

Je dis « entrepris de regagner la voiture », car je n'avais guère fait plus de deux mètres qu'un objet compact vint heurter ma jambe, et je réalisai qu'un animal au physique impressionnant était venu se joindre à moi. Ce n'était autre que le chien avec qui j'avais échangé quelques civilités lors de notre brève entrevue à la *P'tite Niche* – je le reconnus à ses oreilles.

La première fois – je ne sais si je vous l'ai dit –, tout à la joie de trouver quelqu'un d'un abord aussi cordial que Bertram, il avait fait résonner la voûte céleste de ses marques d'enthousiasme.

Je l'exhortai donc à voix basse de conserver cette fois-ci un silence plein de tact, car on ne sait jamais trop quelle espèce de mercenaires un Papa Cook peut lâcher sur ses terres pendant la nuit, et ma présence en ces lieux aurait été difficile à expliquer... Mais il ne voulut rien entendre! Dans le cadre feutré de la *P'tite Niche*, il avait trouvé que l'arôme Wooster s'apparentait d'assez près à du *Chanel 5*, et on eût dit qu'il cherchait à me prouver qu'il n'était pas un chien à laisser tomber un ami parce que son odeur s'était légèrement détériorée... « Il n'y a que l'âme qui compte », semblait-il répéter entre deux aboiements.

Certes, j'appréciai le compliment à sa juste valeur, mais j'étais loin de me sentir d'humeur aussi enjouée que d'habitude! Je n'étais même pas très loin de redouter le pire... De tels aboiements, pensais-je, et à raison, ne pouvaient guère passer inaperçus... à moins que Cook n'eût exclusivement recruté son personnel de surveillance chez les vipères sourdes. Et je ne me trompais pas. Quelque part dans l'arrière-fond du décor, une voix fit : « Hé? » Il me parut évident que Bertram, comme tant d'autres fois par le passé, allait écoper une fois de plus!

Je jetai au chien un regard lourd de reproche – sans effet, bien sûr, étant donné le manque de lumière. Cela me rappelait l'histoire que j'avais si souvent entendue étant enfant – celle du type qui avait écrit un livre, et dont le chien, Diamant, si j'ai bonne mémoire, avait fait un tas de confetti... l'objet de l'histoire étant de montrer combien le type devait être d'une rare douceur, car il s'était contenté de dire : « Oh, Diamant! Diamant! Tu ne peux savoir ce que tu as fait là! » – ou plutôt quelque chose du style : « Vous n'avez pas idée », et, « du tort que vous causâtes... », mais je ne connais pas très bien le dialecte.

Je mentionne ici l'histoire parce que je fis preuve moi-même, en la circ., d'une très grande mansuétude. « Je t'avais bien dit de ne pas aboyer, espèce d'âne! », fis-je pour tout commentaire... Et, comme je disais ces mots, l'auteur du « Hé! » s'approcha...

D'entrée, l'homme était loin de m'avoir fait une impression favorable. Il m'avait rappelé un sergent instructeur qui venait deux fois par semaine à mon école – bien après que j'eusse gagné ce prix de catéchisme – et dont la voix nous faisait songer à un véhicule chargé de bidons vides lancé à toute allure sur un chemin plein de cailloux... Or, le type qui avait fait : « Hé! » avait la même voix. Un parent à lui, peut-être...

Bien sûr, la nuit était maintenant tout à fait sombre, mais « l'obscure clarté qui tombait des étoiles » – pour reprendre le mot d'un connaisseur – était suffisante pour me permettre de remarquer un autre détail qui ne me plut pas du tout chez cette créature des ténèbres – à savoir, qu'il m'enfonçait le canon d'un énorme fusil de chasse dans l'estomac... Dans l'ensemble, à n'en pas douter, un individu qu'il valait mieux tenter d'amadouer par de suaves paroles que par un marron woostérien en pleine poire... J'essayai donc les paroles, que je m'efforçai de rendre aussi suaves que le permettait le claquement de mes dents...

– Belle soirée, fis-je. Sauriez-vous m'indiquer, mon brave, la direction du petit village de Maiden Eggesford? Je m'apprêtais à poursuivre de la sorte, expliquant que je faisais une petite promenade champêtre, et que j'avais perdu mon chemin... Mais je vis qu'il ne m'écoutait pas.

Il se mit à beugler :

– Halbert! – s'adressant, présumai-je, à un collègue nommé Albert quelque chose – et une voix, qui aurait pu être celle du fils du sergent instructeur, répondit : « Quoi? »

– Rappliquici!

– Où?

– Ici! J'ai besoin de toi!

– Mon souper est chaud et je me le mange!

– Eh bien, arrête de te le manger et rappliqui-ci! J'ai chopé un gus qui tournait autour des chevaux!

Il avait mis le doigt sur l'argument qu'il fallait... Albert était visiblement un homme pour qui le devoir passait avant le plaisir. Lorsque le D. l'appelait, il laissait tomber ses œufs au bacon – ou quoi que ce fût d'autre qu'il y eût au menu – et se hâtait de répondre à l'appel. En un rien de temps, il fut des nôtres... Le chien, quant à lui, avait disparu. C'était, selon toute apparence, un animal qui avait de nombreux intérêts dans la vie, et ne pouvait par conséquent accorder que peu de son temps et de son attention à chaque chose. Après avoir reniflé le bas de mon pantalon et posé ses pattes de devant sur ma poitrine pour me lécher la figure, il avait jugé qu'il était grand temps de chercher de nouveaux champs d'action.

Albert avait une torche, qu'il dirigea sur moi...

– Mince, alors! lâcha-t-il. C'est ça, ton gus?

– Ouais.

– M'a pas l'air très franco de port, comme gus!

– Ouais.

– Et il pue quelque chose, avec ça!

– Ouais!

– Fait penser à la vieille chanson : « C'est pas rien que des violettes! »

– De la lavande!

– Moi, j'ai toujours dit : « Des violettes. »

– Et moi, de la lavande!

– Bon. Comme tu voudras. Qu'est-ce qu'on en fait?

– On l'amène à Cook.

La perspective d'une nouvelle rencontre avec Papa Cook – peut-être devrais-je dire : « Beau-Papa Cook! » – dans de telles circonstances – et surtout après ce qui s'était passé entre nous – ne m'était pas des plus agréables, mais je ne pouvais pas, vous l'imaginez, faire grand-chose pour l'éviter. En effet, l'instant d'après, Albert me saisit au collet, tandis que son partenaire m'enfonçait son fusil dans le bas du dos...

Ils me conduisirent ainsi jusqu'à la maison – où nous fûmes tous trois fort mal reçus par le maître d'hôtel – vivement contrarié, présumai-je, d'avoir été interrompu pendant qu'il savourait une bonne pipe en dehors de ses heures de service. En outre, il ne parut pas apprécier de se voir confronté à ce qu'il appela « une bande de clochards », dont l'odeur lui faisait songer, nous dit-il, à un égout qui se serait bouché aux cours des dernières pluies. Je ne savais toujours pas dans quoi j'étais tombé, mais il devenait de plus en plus évident qu'il devait s'agir d'un mélange assez spécial... le ton général que prenait la réaction du public en ma présence en était la preuve éclatante.

Le maître d'hôtel fit preuve d'une grande fermeté : « Non », dit-il, on ne pouvait pas voir Monsieur Cook. Est-ce qu'ils croyaient, par hasard, que Monsieur Cook était muni d'un masque à gaz? De toute manière, conclut-il, même si j'avais fleuré bon le foin fraîchement coupé, on ne pouvait pas déranger Monsieur Cook en ce moment parce qu'il était avec un autre Monsieur. Pourquoi n'enfermaient-ils pas l'individu dans les écuries? dit le maître d'hôtel. C'est cette dernière solution que mes deux parrains adoptèrent...

Je ne saurais trop conseiller à ceux de mes chers lecteurs qui envisageraient, pour une raison bien à eux, de se faire enfermer dans des écuries, de renoncer à cette idée tant qu'il est encore temps... Elle ne présente strictement aucun avantage. Ce sont des endroits le plus souvent mal aérés. Il y fait sombre, et il n'y a pas d'autre siège que le sol à l'état le plus cru. D'étranges cris aigus s'y font entendre de façon permanente, ainsi, d'ailleurs, que toutes sortes de petits grattements sinistres, suggérant que les lieux sont infestés de rats en train de s'ouvrir l'appétit avant de venir vous grignoter jusqu'aux os... Après le départ de mon escorte, je me mis à faire les cent pas, comme l'on dit, dans un sens et dans l'autre, en proie à une extrême agitation, en tentant de trouver une solution pour sortir d'une situation aussi éprouvante – une des plus éprouvantes, en vérité, que j'eusse jamais connues depuis l'âge où je n'étais pas plus haut que ça... Mais la seule qui me vînt à l'idée fut d'attraper un rat et de le dresser à faire un trou dans la porte avec ses dents... Cela, me dis-je, risquait de prendre un certain temps, et j'avais hâte de rentrer me mettre au lit.

Tout en pesant ainsi dans mon esprit le pour et le contre de la méthode par dressage de rat interposé, je m'étais dirigé à tâtons jusqu'à la porte. Là, toujours absorbé dans mes pensées, je fis – « machinalement » est le mot qui convient – le geste de tourner la poignée – plus dans le but de passer le temps que dans l'espoir d'un résultat quelconque. Or – ô, miracle! pensai-je – ne voilà-t-il pas que la porte s'ouvrit!

Ma première réaction fut de me dire que mon ange gardien – qui avait fait preuve jusque-là, il faut l'avouer, d'une léthargie assez remarquable – avait enfin mis la main sur sa boîte de pilules vitaminées, et retrouvé du coup sa forme des grands jours – forme qu'il n'aurait, certes, jamais dû cesser d'avoir depuis le début! Puis, à la réflexion, je compris ce qui s'était passé... Il y avait eu, sans doute, une sorte de malentendu entre les deux protagonistes, dû à une déficience dans leur organisation – ce qui prouve combien il est stupide de s'embarquer dans une entreprise quelconque sans procéder au préalable à un tour de table complet, si possible dans une atmosphère de franche et totale cordialité. Il était difficile d'imaginer lequel des deux se mordrait le plus fort les doigts quand, le moment venu, leur attention serait attirée sur le fait que leur Bertram leur avait filé entre les pattes!

Mais, quoique je fusse à nouveau l. comme l'air, je sentais bien à quel point il importait, si tel est le terme exact, que je fisse très attention où je mettais les pieds! Il eût été en effet trop idiot de ma part de me heurter une nouvelle fois à cet Albert et à son associé, qui se seraient vraisemblablement fait une joie de me jeter dans quelque autre vil cachot (ou je ne sais trop comment vous appelleriez ça!). Je tenais à rester le plus loin possible de ces gens-là... Peut-être des types très bien lorsqu'on les connaissait, mais distinctement pas du goût de tout le monde...

Leur zone d'influence devait se limiter, pensai-je, à la cour des écuries et à ses environs. Aussi, me sembla-t-il que le chemin le plus sûr était de suivre le même itinéraire qu'à l'aller. Cependant, pour ne rien vous cacher, je me sentais peu enclin à renouveler l'expérience consistant à patauger encore dans cette espèce de fange... Ce qu'il me restait donc de mieux à faire était de partir à la recherche de l'allée principale, et de la suivre jusqu'à l'endroit où j'avais laissé la voiture, et c'est ce que j'entrepris de faire sans plus tarder. J'avais déjà contourné la maison et traversé un espace découvert qui devait être une sorte de pelouse, lorsque, soudain, j'aperçus quelque chose qui brillait à mes pieds... Avant même que je pusse m'arrêter dans mon élan, je me trouvai plongé dans une piscine!

C'est sous l'emprise d'émotions plutôt confuses que je reparus à la surface. L'une d'elles était la surprise – car je n'avais jamais pensé que Cook fût le style de bonhomme à posséder une piscine. J'éprouvai aussi une certaine contrariété. Il n'est pas dans mes habitudes, dois-je dire, de prendre des bains tout habillé – bien que je me souvienne de la fois où Tuppy Glossop avait parié que je ne traverserais pas la piscine des « Bourdons » en me balançant d'un anneau à l'autre, et où, juste au moment d'atteindre le dernier anneau, je m'étais aperçu qu'il avait omis de le décrocher... Après quoi, j'avais sombré, en tenue de soirée, au plus profond de l'élément liquide...

Mais, bizarrement, direz-vous, l'émotion qui se détachait le plus de l'ensemble était une sensation de bien-être! Certes, je ne me serais jamais adonné de moi-même à de tels ébats aquatiques, mais, maintenant que j'étais dans le bain, j'appréciais assez mon petit plongeon. De surcroît, l'idée que cela ne manquerait pas d'atténuer en partie les effluves qui se dégageaient de ma personne m'était plutôt agréable. Ce qu'il me fallait, avant de pouvoir me joindre à la horde des humains, mes frères, c'était précisément un bon rinçage...

Aussi, ne me pressai-je point de sortir de la piscine, mais flottai-je quelques instants comme un nénuphar – ou peut-être serait-il plus juste de parler d'un poisson crevé... Et je flottais ainsi, depuis plusieurs minutes, lorsque retentit dans la nuit un aboiement que je reconnus aussitôt, m'indiquant que mon copain le chien avait déniché une nouvelle âme sœur.

Je m'arrêtai de flotter. Ce fond sonore ne me plaisait guère... Cela ne semblait-il pas suggérer, selon vous, qu'Albert et le type au fusil étaient repartis sur le sentier de la guerre? Et l'éventualité la plus probable n'était-elle pas qu'après avoir comparé leurs notes concernant la fermeture de la porte, ils s'étaient rués à l'écurie pour constater l'absence très remarqu. de Bertram? Je me raidis encore davantage de façon à rendre, si possible, ma ressemblance avec un poisson crevé un peu plus frappante... Or, tandis que je me trouvais dans l'état de parfaite rigidité décrit plus haut, me parvint soudain un bruit de galopade – comme si quelqu'un de très pressé venait dans ma direction – et une forme mal définie tomba dans l'eau en faisant un grand « plouf » à quelques centimètres de mon gaillard d'avant. Que cette brutale immersion fût involontaire de la part de la forme en question ne me parut faire aucun doute dès la première réflexion que lui inspira la sit. lorsqu'elle refit surface. Je crus identifier l'interjection : « Au secours! », lancée d'une voix forte par un homme jeune, du type « bien en chair », qui me fit tout de suite penser à Orlo Porter.

– Au secours! répéta-t-il.

– Tiens, salut, Porter! fis-je, car c'était Orlo Porter. Tu as crié : « Au secours! » me semble-t-il?

– Oui!

– Tu ne sais pas nager?

– Non!

– Alors, – j'étais sur le point de dire : « Tu aurais dû réfléchir un peu plus avant de te baigner », mais je m'abstins, car je jugeai que la remarque aurait peut-être un peu manqué de tact...

– Alors, il se peut que tu aies besoin d'un coup de main? dis-je à la place.

Il fit signe que oui, aussi lui en donnai-je un. Nous étions alors dans la partie de la piscine où l'eau était la plus profonde, et lorsque je l'eus tiré jusqu'à l'endroit où il y en avait le moins, il sembla se sentir tout de suite beaucoup plus à l'aise. Il cracha un bon litre de liquide et me remercia – d'une voix mal assurée, mais avec courtoisie – et je lui dis qu'il n'y avait pas de quoi.

– Quelle surprise de te rencontrer ainsi! fis-je. Qu'est-ce que tu fiches par ici, Porter?

– Appelle-moi : Orlo!

– Qu'est-ce que tu fiches par ici, Orlo? Tu observes les chouettes?

– Je suis venu voir ce maudit Cook, Wooster.

– Appelle-moi : Bertie!

– Je suis venu voir ce maudit Cook, Bertie! Tu te souviens du conseil que tu m'as donné? « Présente-toi devant ce fils naturel de père inconnu », m'avais-tu dit, « après qu'il aura fini de dîner ». Et plus j'y pensais, plus je trouvais que l'idée avait du bon. Tu as vraiment un flair extraordinaire, Bertie! Tu lis dans un type comme dans un livre!

– Oh, merci. Il suffit d'étudier un peu la psychologie de l'individu...

– Le malheur, c'est qu'on ne peut pas juger un type comme Cook selon des critères normaux! Et, sais-tu pourquoi, mon cher Bertie?

– Non, dis-moi pourquoi, mon cher Orlo.

– Parce que c'est un suppôt de Satan! Et qu'on ne peut jamais dire ce que fera un suppôt de Satan! Prévoir une stratégie subtile ne sert à rien lorsqu'on traite avec des suppôts de Satan!

– J'en déduis que les choses ne se sont pas passées aussi bien que prévu...

– Et comme tu déduis bien, une fois encore, mon cher Bertie! En fait, tu pourrais aller jusqu'à parler d'un fiasco complet! Ça n'aurait pas été pire si j'avais tenté de soutirer de l'argent à un mélange de Scrooge et de Gaspard-le-Grigou!

– Raconte-moi tout, mon cher Orlo.

– Si tu as le temps, mon cher Bertie.

– Tout le temps que tu voudras, mon cher Orlo.

– Tu n'es pas pressé d'aller quelque part?

– Non. Je me trouve bien, ici.

– Moi aussi. Délicieusement frais, n'est-ce pas? Bon. Alors, voici. Je me présentai donc à Eggesford Court et dis au maître d'hôtel que je voulais voir M. Cook pour une affaire importante. Le maître d'hôtel me conduisit à la bibliothèque, où je trouvai Cook en train de fumer un énorme cigare. J'étais sûr, en voyant le cigare, d'avoir choisi le moment idéal. C'était visiblement le genre de cigare qu'un type fume après un bon repas. De plus, je notai qu'il sirotait un petit cognac. Il ne faisait aucun doute que mon bonhomme était plein à craquer! Tu me suis, mon cher Bertie?

– Je vois la scène comme si j'y étais, mon cher Orlo.

– Il y avait un drôle de particulier avec lui – une espèce d'explorateur africain, paraît-il...

– Le major Plank!

– D'ailleurs, sa présence fut la cause d'un certain embarras... En effet, il voulut à tout prix nous expliquer dans le détail les rites de fécondité des indigènes de Bongo au Congo – qui sont, crois-moi, d'une inconvenance au-delà de tout ce que tu peux imaginer... Bref, il finit par nous laisser, et je pus enfin passer aux affaires sérieuses... Pour ce que ça m'a rapporté! ajouta-t-il avec un petit rire amer. Bien sûr, Cook n'a toujours pas voulu lâcher l'ombre du plus petit penny!

Je lui posai alors la question que je me posais à moi-même depuis un moment. Je ne dirai pas que j'étais vraiment torturé à la pensée de la situation financière où se trouvait Orlo, mais elle me semblait tout de même réclamer un petit complément d'explication...

– Quelles sont les exactes dispositions prises au sujet de cet argent qui te revient? m'enquis-je – si le mot est bien choisi. Cook ne peut pas s'y accrocher indéfiniment, j'imagine!

– Il le peut, tant que je n'aurai pas eu mes trente ans.

– Et quel âge as-tu?

– Vingt-sept ans.

– Alors, plus que trois ans à tenir...

Pour la première fois depuis que nos relations avaient pris la nouvelle tournure que l'on sait, il laissa paraître, le temps d'un éclair, quelque signe de ce désir qu'avait exprimé l'ancien Porter d'exposer mes entrailles au soleil – de ses propres mains. Sa bouche n'alla pas jusqu'à écumer, mais je suis sûr qu'il s'en fallut de peu...

– Mais, bon sang! Je ne peux pas attendre encore trois ans! Tu ne sais pas ce qu'on me donne dans les Assurances! Une vraie misère! A peine de quoi ne pas mourir de faim! Je suis un homme qui a le goût des belles choses! J'ai envie de m'épanouir!

– Un appartement à Mayfair?

– Voilà!

– Champagne à tous les repas?

– Exactement!

– Plusieurs Rolls Royce?

– Ça aussi, bien sûr!

– Avec un petit quelque chose en plus, bien entendu, pour le refiler aux membres nécessiteux des classes prolétariennes! Tu as hâte de leur donner tout ce dont tu n'auras pas besoin...

– Il n'y a rien dont je n'aurai pas besoin!

Je ne savais trop quoi dire... Je n'avais jamais jusqu'alors discuté de ces choses-là avec un communiste, et je fus assez choqué, je l'avoue, de voir qu'il ne portait pas aux membres nécessiteux des classes prolétariennes toute l'affection que j'avais imaginée... Je songeai un instant à lui conseiller de ne pas laisser de tels propos parvenir aux oreilles des types du Kremlin, puis je me dis qu'après tout ce n'était pas mon affaire, et changeai de sujet...

– A propos, mon cher Orlo, fis-je, quel bon vent t'amène?

– Comment, quel bon vent! Tu ne m'as pas écouté? Je t'ai dit que j'étais venu voir le vieux Cook!

– Oui, oui, mais ce n'est pas ce que je veux dire. Qu'est-ce qui t'a conduit à plonger dans la piscine?

– Je ne savais pas qu'il y en avait une.

– Tu semblais foncer comme une locomotive! Pourquoi étais-tu si pressé? – si ça ne t'ennuie pas, bien sûr, de me le dire.

– Il y avait un gros chien qui me courait après.

– Serait-ce un grand chien avec des oreilles en pointe?

– Oui. Tu le connais?

– Nous avons été présentés... Mais il ne voulait pas te faire de mal.

– Il voulait me sauter dessus!

– ... Dans un esprit purement amical, je suis sûr! C'est sa façon de faire connaissance...

Orlo poussa un long soupir de soulagement – qui aurait pu être sans doute encore plus long, d'ailleurs, s'il n'avait pas à cet instant précis perdu pied et disparu à nouveau dans les profondeurs aquatiques. Après quelques recherches, je parvins à le récupérer et le remettre à flot.

Il me remercia avec chaleur.

– Tout le plaisir est pour moi, fis-je.

– Tu m'ôtes un sérieux poids de l'estomac, mon très cher Bertie! Je me demandais comment je pourrais regagner l'auberge sans concéder un membre ou deux à ce molosse...

– Je te ramène en voiture, si tu veux, mon très cher Orlo!

– Non, merci bien. Maintenant que je connais la pureté des intentions de cet animal, je préfère rentrer à pied. Je n'ai pas envie d'attraper un rhume! A propos, Bertie, il y a juste un petit point sur lequel j'aimerais que tu m'éclaires. Qu'est-ce que *toi,* tu faisais ici?

– Oh! Je passais, comme ça, en flânant...

– Ça m'a semblé bizarre de te trouver dans cette piscine!

– Vraiment? Je me rafraîchissais quelques instants. C'est tout. Je me rafraîchissais...

– Je vois. Eh bien, bonne nuit, mon très cher Bertie!

– Bonne nuit, mon très cher Orlo!

– Je peux compter sur la véracité de tes déclarations concernant le chien?

– Absolument! Sa vie n'est que douceur, et les humeurs qui le composent sont en tout point parfaites, dis-je, en citant une des trouvailles de Jeeves...

C'est ruisselant de toutes parts, mais avec une chanson dans le cœur, que je grimpai hors de la piscine et me dirigeai vers l'endroit où j'avais laissé la voiture. A la place de la chanson qu'il renfermait, mon cœur aurait peut-être dû saigner en pensant à Orlo et aux sombres années qu'il devrait passer dans l'attente de toutes ces bonnes choses dont nous avions parlé, mais la certitude d'être débarrassé du chat me remplissait d'une extase telle qu'il restait peu de place en moi pour une quelconque sympathie envers les malheurs d'autrui. Je me souciais à peu près autant du cas Porter, à vrai dire, qu'il se souciait lui-même des membres déshérités des classes prolétariennes....

Tout paraissait tranquille sur l'ensemble du front. Aucun signe d'Albert et de son comparse. Le chien, après avoir sans doute fraternisé avec Orlo, s'était, semblait-il, installé quelque part en vue d'assurer ses huit heures de sommeil réparateur.

Je roulai donc joyeusement, et, lorsque je mis pied à terre devant la *P'tite Niche*, la chanson dans mon cœur avait atteint le fortissimo... pour mourir l'instant d'après dans un vague gargouillis, lorsqu'un objet doux et soyeux vint se frotter contre ma jambe. Abaissant mon regard, je reconnus la silhouette maintenant familière du chat de la maison Cook...

CHAPITRE XVIII

Il faudrait, bien sûr, que je le vérifie auprès de Jeeves, mais je crois que le mot décrivant le mieux le genre de sommeil que j'eus cette nuit-là serait le mot « agité ». Je me tournai et retournai sur ma couche comme un danseur de ballet. Cela n'avait rien d'étonnant, me direz-vous, car la façon dont me tenaient enserré « les serres impitoyables de la Destinée », ainsi que je me souviens de les avoir entendu nommer par Jeeves, n'était pas celle dont vous tiennent enserré de quelconques « serres impitoyables » auxquelles on peut échapper par une simple dérobade – comme celle qui consisterait, par exemple, à partir faire un petit voyage autour du monde et ne pas reparaître tant que les choses ne se sont pas calmées...

J'avais toujours la possibilité – et d'autres ne s'en seraient pas privés – de me dissocier totalement de cette histoire de chat. Beaucoup auraient décidé de ne plus rien avoir à faire avec ce maudit animal. Mais, dans ce cas précis, cela voulait dire que le colonel Briscoe retirerait Simla de la course – ce qui voulait dire qu'une tante adorée perdrait un joli paquet d'argent, et devrait taper un certain oncle Tom pour combler le déficit – ce qui voulait dire que les sucs gastriques de ce dernier seraient perturbés pour une période indéterminée – ce qui voulait dire qu'il repousserait son assiette soir après soir sans même goûter à son contenu – ce qui voulait dire qu'Anatole, susceptible comme le sont tous les génies, s'estimerait blessé dans son honneur et donnerait sa démission sans autre forme de procès... Bref, ce ne serait partout, autour de B.W., que ruine, désolation et désespoir.

Manifestement – je pense qu'on peut dire « manifestement » – l'esprit chevaleresque d'un Wooster ne pouvait tolérer d'être à l'origine d'une telle série de malheurs. D'une manière ou d'une autre, et en dépit des périls dressés sur ma route, le chat devait être déversé en un lieu d'où il pourrait regagner la douceur de son foyer. Mais qui allait procéder audit déversement? Billy Graham avait clamé haut et fort qu'aucune bourse remplie d'or, quelque substantiel qu'en fût le contenu, ne lui ferait affronter les horreurs d'Eggesford Court, cette sinistre demeure... Jeeves avait déclaré forfait de la façon la plus formelle, et tante Dahlia était disqualifiée au départ, à la suite de sa fâcheuse incapacité à se mouvoir sans faire exploser les brindilles sous ses pieds...

Il était clair qu'il ne restait donc plus que Bertram comme unique issue au problème sans la moindre possibilité d'opposer un *nolle prosequis*, si je ne voulais pas voir partir en fumée, du moins pour quelque temps, mes espoirs de savourer la cuisine de rêve du Grand Sorcier Anatole...

C'est par conséquent l'humeur plutôt sombre, que je me rendis à *l'Oie et la Sauterelle* pour y prendre un petit déjeuner frugal. Je n'ai pas coutume de consommer mon repas du matin à six heures et demie – mais j'étais debout, ne l'oubliez pas, depuis quatre heures, et ne pouvais résister plus longtemps aux affres de la faim...

Toutefois, s'il y avait une chose dont je n'avais pas douté un seul instant, c'était bien que je me trouverais seul à prendre mon petit déjeuner à pareille heure! Aussi, ma surprise, en trouvant Orlo assis dans la salle à manger, occupé à s'envoyer avec ardeur une assiettée d'œufs au bacon derrière le plastron, fut-elle considérable... Je ne voyais pas du tout pourquoi il était déjà en circulation à une heure aussi indue! Les observateurs d'oiseaux, il est vrai, sont plutôt irréguliers dans leurs habitudes – cependant, même s'il avait pris rendez-vous avec la fauvette de Clarkson, on pouvait s'étonner qu'il ne l'eût pas fixé à une heure un peu plus rapprochée du repas de midi!

– Tiens, salut, mon cher Bertie, dit-il. Ravi de te voir!

– Tu es levé de bien bonne heure, mon cher Orlo!

– Un petit peu plus tôt que mon heure habituelle. Mais je ne veux pas faire attendre Vanessa.

– Tu l'as invitée à prendre le petit déjeuner?

– Non. Elle l'aura déjà pris. Notre rendez-vous

est pour sept heures et demie. A moins, naturellement, qu'elle soit en retard...

– Oui. Des fois, elles le sont...

– Tout dépend du temps qu'il lui faudra pour trouver la clé du garage.

– Pour quoi faire, la clé du garage?

– Pour sortir la Bentley!

– Pour quoi faire la Bentley?

– Mon très cher Bertie, il faut bien que je l'enlève avec *quelque chose*!

– Ah! Tu l'enlèves!

– Oui. J'aurais peut-être dû t'en parler plus tôt. Je l'enlève. Et, grâce au ciel, je crois que la journée s'annonce belle. Voilà tes œufs! Tu vas te régaler, mon cher Bertie. Ils sont délicieux à *l'Oie et la Sauterelle*. Pondus, sans doute, dans la joie, par des poules heureuses de vivre!

J'avais, en effet, en m'installant à table, commandé plusieurs œufs au plat, et, comme il l'avait observé si justement, ils étaient excellents. Mais je piochai dedans d'un air distrait... J'étais trop éberlué pour leur accorder toute l'attention qu'ils méritaient.

– Est-ce que tu veux dire, fis-je au bout d'un moment, que tu *l'enlèves*?

– La seule marche à suivre qui soit véritablement sensée! Tu as l'air surpris!

– Au point que tu pourrais me faire tomber de ma chaise d'un simple coup de sandwich au jambon!

– Qu'est-ce que tu trouves de si étonnant?

– Je croyais que vous ne vous parliez plus!

Pour toute réponse, il partit d'un bruyant éclat

de rire hyénesque! Il était évident qu'il exultait – ce qui, d'ailleurs, était tout naturel, si l'on pense que Vanessa représentait à ses yeux l'Arbre de Vie Porteur du Fruit de son existence – ainsi que je crois avoir entendu, un jour, décrire ce genre d'arbre. Cette pensée me fit réfléchir un instant en silence sur la façon extraordinaire dont les goûts peuvent différer d'une personne à l'autre. Pour ma part, bien que j'eusse été dans un premier temps attiré par sa radieuse beauté, j'avais eu tout le corps traversé par un courant glacé à l'idée de voir nos Destins unis à jamais! Or, la même idée semblait avoir toute la faveur d'Orlo! C'est exactement ce qui se produit, me dis-je, lorsque mon oncle Tom danse en faisant des pointes d'un bout à l'autre de la maison parce qu'il s'est procuré, pour une somme le plus souvent exorbitante, une chocolatière en argent de forme ovale datant de la reine Anne, avec laquelle j'aurais honte de me faire voir en public! Pour le moins curieux!

Il continua de rire bruyamment de façon hyénesque.

– Tu ne m'as pas l'air au courant des derniers potins, mon cher Bertie! Tout cela est du passé! J'admets qu'il y eut une époque où les relations entre nous furent assez tendues, et où des paroles plutôt vives furent prononcées à propos de la couleur de mon foie, mais une réconciliation totale a eu lieu la nuit dernière...

– Ah! Tu l'as rencontrée la nuit dernière?

– Peu après ton départ. Elle faisait un tour dans le parc, avant d'aller au lit imprégner son petit oreiller du sel de ses larmes...

– Pourquoi ferait-elle une chose pareille à son petit oreiller?

– Parce qu'elle pensait qu'elle allait t'épouser....

– Ah, je vois! Un destin pire que la mort, pour ainsi dire...

– Exactement.

– Désolé que ça l'ait secouée à ce point!

– Il n'y a pas de quoi! Ce n'est pas de ta faute, mon cher Bertie! D'ailleurs, elle s'en est très vite remise – après que je lui eus dit que j'étais allé voir Cook pour exiger mon argent... Quand elle a su que j'avais frappé plusieurs fois du poing sur la table, le remords qu'elle montra pour m'avoir traité de poule mouillée – roi-des-trouillards – grand-pétochard t'aurait fait monter les larmes aux yeux si tu avais pu la voir, mon cher Bertie! Elle me compara enfin – plutôt avantageusement, à mon avis – aux héros des anciennes légendes grecques. Après quoi, en un mot comme en mille, elle tomba dans mes bras...

– Elle a dû se tremper jusqu'aux os!

– De pied en cap! Mais elle n'y prêta pas attention. Une fille dotée d'un naturel aussi ardent que le sien ne prête pas attention à ces choses-là!

– Je suppose que non.

– C'est alors que nous décidâmes de nous enfuir. Tu te demandes peut-être de quoi nous allons vivre...

– De quoi allez-vous vivre, mon cher Orlo?

– Avec mon salaire, d'une part – une petite part –, et un peu d'argent que lui a laissé une tante, nous pensons nous en sortir. Nous convînmes alors qu'elle prendrait son petit déjeuner de bonne heure, puis qu'elle irait au garage, piquerait la Bentley, et mettrait les autres voitures hors d'usage – ce qui ne laisserait à Cook, pour tenter une poursuite éventuelle, que la vieille Ford du jardinier...

– Ça devrait le mettre hors circuit.

– Je le pense. C'est une excellente voiture, qui remplit parfaitement sa fonction, mais elle est très peu adaptée aux besoins d'un père qui veut poursuivre sa fille à travers la campagne. Cook ne nous rattrapera jamais!

– Quoique... je ne vois pas très bien ce qu'il pourrait faire de plus, même s'il parvenait à vous rattraper...

– Tu ne vois pas? Tu oublies son stick de chasse!

– Ah, oui, bien sûr! Je vois ce que tu veux dire!

Je ne sais pas s'il avait l'intention de développer le sujet, mais, avant qu'il pût parler de nouveau, le bruit musical d'un klaxon d'automobile nous parvint de la rue.

– C'est elle! dit-il. Et il fila.

J'en fis de même. Je n'avais aucune envie de voir Vanessa. Je sortis par la porte de derrière et pris le chemin de la *P'tite Niche.*

Je venais juste de m'emparer de *Par Ordre du Tzar*, espérant enfin découvrir ce que c'était que le bougre avait bien pu ordonner – mon avis étant qu'un tas de personnages au nom en « ski » n'allaient pas tarder à se retrouver en Sibérie sans savoir ce qui leur tombait dessus – lorsque ne voilà-t-il pas qu'Orlo fit une entrée précipitée dans mon salon!..

Il tenait une enveloppe à la main.

– Ah, tu es là, mon très cher Bertie? dit-il. Je ne m'arrête pas! Vanessa est dehors dans la voiture.

– Fais-la entrer...

– Elle ne veut pas. Elle dit que ça serait trop douloureux pour toi...

– Qu'est-ce qui serait douloureux?

– Mais, de la rencontrer, espèce d'âne! Que tu contemples, là, devant toi, la femme que tu aimes, en te disant qu'elle appartient désormais à un autre!

– Ah! Je vois...

– Inutile de te soumettre à une telle torture si tu peux l'éviter!

– Tout à fait!

– Je ne t'aurais pas dérangé, mais il fallait que je te remette ceci avant de partir. C'est un petit mot pour Cook, que j'ai composé à la place de celui que Vanessa avait écrit la nuit dernière.

– Ah? Elle lui avait écrit un petit mot la nuit dernière?

– Oui.

– Pour le laisser épinglé sur son petit oreiller?

– C'était son idée. Mais, elle l'a laissé tomber quelque part, et elle n'a pas pris la peine de le chercher... D'ailleurs, j'ai pensé qu'il valait mieux que je lui fasse parvenir le message moi-même. Quand vous enlevez la fille de quelqu'un, c'est la moindre des choses de le lui faire savoir, n'est-ce pas?

– Délicate attention!

– Et je me crois plus apte à lui exposer la situation que ne l'aurait fait Vanessa. Les filles sont assez portées, tu ne crois pas, à sortir du sujet quand elles écrivent des lettres! Avec les meilleures intentions du monde, cela va sans dire, elles s'égarent... elle brodent... Tandis qu'un homme avec une formation universitaire comme la mienne, et qui écrit dans *l'Homme d'État moderne*, ne commet pas ce genre d'erreur.

– Je ne savais pas que tu écrivais dans *l'Homme d'État moderne...*

– J'envoie de temps en temps une lettre à l'éditeur. Et j'omets rarement de participer au concours hebdomadaire...

– Un travail absorbant!

– Très.

– Je suis un peu écrivain moi-même. Lorsque ma tante Dahlia dirigeait son fameux journal, *le Boudoir de Milady*, j'ai écrit une fois un article pour elle sur « Ce que doit porter l'homme toujours bien habillé ».

– Vraiment? Tu m'en parleras la prochaine fois. Pas le temps maintenant. Vanessa m'attend, et, ajouta-t-il, comme le bruit d'un klaxon d'automobile brisait le silence matinal, elle s'impatiente! Voici la lettre...

– Tu veux que je la porte à Cook?

– Pourquoi crois-tu que je te la laisse? Pour la mettre dans un cadre sur ta cheminée?

Et, sur ces mots, il s'enfuit, pareil à une

nymphe des bois surprise dans son bain... Je repris alors mon *Par Ordre du Tzar*, tout en me disant – non sans quelque amertume – que je serais heureux si le grand public cessait un jour de me considérer comme un type à qui vous n'avez qu'à crier : « Eh! Vous, là-bas! Oui, vous! » pour qu'il accepte sans rien dire de se voir refiler tous les sales boulots... Chaque fois qu'il flottait dans l'air quelque chose de malsain, et que le moment était venu de passer à l'action, la clameur qui ne manquait jamais de monter de la foule était toujours la même : « Faites-le faire par Wooster! » J'ai déjà fait allusion, un peu plus haut, à ma tante Agatha, et à cette fâcheuse tendance qu'elle a de se décharger sur moi de son abominable fils, Thos, à n'importe quelle saison de l'année. Ma tante Dahlia avait à son tour chassé le soleil de ma vie avec son histoire de chat-qui-revient-toujours et sa Pomme Frite... Et voici maintenant qu'Orlo me disait froidement de porter une lettre à Papa Cook, comme si le fait de se risquer en présence d'un Cook dans l'état de transe où il devait alors se trouver ne revenait pas à peu près à se joindre à Mesbach, Shadrach et Abednego – dont j'avais lu l'histoire lorsque j'avais gagné ce prix de catéchisme – dans leur marche en direction de la Fournaise Ardente...

Qu'allais-je, me demandais-je, bien pouvoir faire?

C'était un dilemme, en vérité, qui aurait aisément dérouté un homme d'un caractère moins bien trempé que le mien... Or, dois-je dire, ce qui caractérise les Wooster, c'est qu'ils ont le caractère en acier trempé. Je ne pense pas qu'il me fallut plus de trois quarts d'heure de profonde réflexion pour que la solution se présentât à moi de façon fulgurante! – à savoir, écrire le nom et l'adresse de Cook sur l'enveloppe, coller un timbre dessus, et la mettre à la poste... Ayant décidé d'agir ainsi, je repris *Par Ordre du Tzar*.

Mais, ce jour-là, tout semblait conspirer contre moi pour m'empêcher d'aller loin dans ma lecture... A peine avais-je parcouru deux ou trois pages que la porte s'ouvrit brusquement... levant les yeux, je découvris qu'il me faudrait tout de même voir Papa Cook...

Il était debout sur le seuil, pareil au roi des Démons sorti de quelque pantomime.

A côté de lui, se tenait un major Plank cramoisi...

CHAPITRE XIX

Je me suis toujours flatté d'être un hôte accueillant, qui met à l'aise ses visiteurs par son sourire cordial et ses bons mots pleins d'aimable courtoisie, mais je dois admettre qu'à la vue de ces deux visiteurs-là, je fus pour une fois à cent lieues de me comporter en hôte parfait... Le seul bon mot que je parvins à sortir fut une sorte de cri étranglé, faisant un peu songer à celui qu'aurait produit un pékinois frappé de laryngite. C'est Plank qui ouvrit le feu...

– Nous avons de la chance, Cook, fit-il. Ils ne sont pas encore partis! Parce que s'ils étaient déjà partis, ajouta-t-il, le bougre ne serait plus ici, vous êtes d'accord?

– Exact! fit Cook. Puis il se planta devant moi.

– Sombre gredin! me lança-t-il, où est ma fille?

– Oui, espèce de rat! Où est-ce que vous l'avez mise? fit Plank.

Alors, je me sentis soudain parfaitement maître de moi... De pékinois souffrant de la gorge, je me transformai tout à coup en l'un de ces types que l'on voit, dans les romans historiques, chasser d'une pichenette un grain de poussière de leur poignet revêtu de fine dentelle de Malines, avant de se tourner vers le vilain de l'histoire, et de se mettre à l'assaisonner de telle manière qu'il a le sentiment, au bout d'un moment, d'être un vulgaire morceau de gorgonzola oublié au fond d'un placard... Avec cette vivacité d'esprit que l'on me connaît, j'avais tout de suite senti que la partie adverse avait parfaitement tout compris de travers, me mettant ainsi en position de lui faire perdre des points comme on avait rarement vu partie adverse perdre des points...

– Veuillez avoir l'obligeance, Messieurs Cook et Plank, fis-je, de me fournir une réponse aux deux questions suivantes : Grand A, pourquoi venez-vous occuper dans ma propre maison un espace dont j'ai besoin pour d'autres usages, et grand B, de quoi diable parlez-vous, et que signifie tout ce remue-ménage à propos de filles disparues ?

– Méfiez-vous ! Il essaie de s'en tirer en bluffant ! fit Plank. Je vous l'avais dit ! Il me rappelle un homme que j'ai connu dans l'Est africain, et qui essayait toujours de s'en tirer en bluffant ! Un type appelé Abercrombie Smith... Si vous le preniez la main dans votre boîte de cigares, il vous disait qu'il voulait seulement les ranger... Finit dans le ventre d'un crocodile dans le Bas-Zambèze. Mais, même lui, il devait capituler devant des preuves à conviction ! Montrez donc à ce sale bougre votre preuve à conviction, Cook !

– Tout de suite! fit Cook, en tirant une enveloppe de sa poche. J'ai ici une lettre de ma fille, signée : Vanessa.

– Détail très important, fit Plank.

– Je vais vous la lire : « Cher Père, je pars avec l'homme que j'aime. »

– Pour voir comment il va se sortir de ça! dit Plank.

– Oui, dit Cook, qu'avez-vous à dire?

– Simplement ceci..., rétorquai-je – tout en me disant combien Orlo s'était trompé, en affirmant que les filles n'allaient pas droit au but dans leur correspondance! Je n'avais encore rien rencontré de plus net ni de plus concis... Bien sûr, pensai-je, Vanessa écrivait-elle peut-être aussi dans *l'Homme d'État moderne*...

– Cook, fis-je, vous êtes victime d'un comment dit-on...

– Vous voyez! fit à nouveau Plank. Je vous l'avais bien dit qu'il allait chercher à s'en tirer en bluffant!

– Il ne s'agit pas de moi, dans cette lettre.

– Vous niez être l'homme qu'aime ma fille?

– C'est très précisément ce que je nie!

– En dépit du fait qu'elle n'arrête pas d'entrer et de sortir de cette fichue bicoque, et que, si nous cherchions un peu, nous la trouverions sans doute cachée à l'heure qu'il est sous le lit de la chambre d'hôte?, fit Plank – continuant à se mêler de ce qui ne le regardait pas de la façon la plus intempestive... Ces explorateurs n'ont aucun tact – aucune retenue...

– Permettez que je vous explique, dis-je. Le

type qu'il vous faut, c'est Orlo Porter! Vanessa et lui s'aiment depuis qu'elle est allée à Londres, et leur amour n'a cessé de bourgeonner – si « bourgeonner » veut bien dire ce que je crois –, à tel point qu'ils ne peuvent plus vivre l'un sans l'autre un jour de plus. Voilà pourquoi votre fille a piqué la Bentley... Et ils se sont juré de passer incessamment devant Monsieur le maire...

Ça ne marcha pas... Cook dit que je mentais, et Plank dit aussi, bien sûr, que je mentais... ajoutant même que plus il me regardait, et plus je lui faisais penser à cet Abercrombie Smith, qui, précisa-t-il, aurait certainement fini ses jours en cabane si le crocodile n'avait pas pris les choses en main le premier...

J'aurais dû mentionner plus haut que, tout au long des précédentes répliques, le teint du Père Cook s'était peu à peu assombri... Il faisait penser maintenant à la cravate du club des Bourdons – laquelle est d'une riche teinte mauve. Il y avait eu des pourparlers, à une certaine époque, pour qu'elle fût pourpre à pois blancs, mais les partisans de cette thèse avaient été mis en minorité...

– Comment osez-vous pousser l'insolence jusqu'à me croire assez idiot pour avaler cette histoire d'amour entre Vanessa et Orlo Porter! s'étrangla-t-il. Comme si une fille qui jouit de toutes ses facultés mentales pouvait être amoureuse d'un Orlo Porter!

– Ridicule! dit Plank.

– Vanessa le repousserait avec dégoût!

– Du talon de sa chaussure! dit Plank.

– D'ailleurs, à ce propos, ce qu'elle peut bien voir en *vous,* je me le demande!

– Moi aussi, dit Plank, je me le demande! Regardez-le! Il a une barbe comme ces romanciers du temps de la reine Victoria! Le spectacle est répugnant!

Il est vrai que je n'avais pas eu le temps de me raser ce matin-là, mais il exagérait tout de même! Les Wooster admettent la critique, mais ne tolèrent pas les injures grossières...

– Pff! fis-je. C'est une expression que j'utilise assez peu, mais Nero Wolfe en tire toujours d'excellents effets. De plus, elle me semblait plutôt bien adaptée aux circ...

– Trêve d'impertinence! Lisez donc ceci, dis-je, et je tendis à Cook la lettre d'Orlo.

Je dois avouer que sa réaction à ce que Plank aurait appelé ma « preuve à conviction » fut à la hauteur de tout ce que je pouvais en attendre. Il se mit à renifler bruyamment, la mâchoire pendante, et son visage prit l'aspect d'une feuille de papier carbone fripée...

– Bon sang! gargouilla-t-il.

– Quoi donc? demanda Plank. Qu'est-ce?

– C'est un mot de Porter. Il dit qu'il s'est enfui avec Vanessa!

– Probablement un faux...

– Non. L'écriture de Porter est aisément reconnaissable!

Il parut s'étouffer...

– Monsieur Wooster...

– Allons! Vous n'allez pas l'appeler « Monsieur Wooster », comme s'il était un membre respectable de la société! s'exclama Plank. N'oubliez pas que c'est un criminel prêt à tout. Il a même été à deux doigts, une fois, de me piquer cinq livres! Il est connu de la Police sous le nom de Joe le Tyrolien! C'est comme ça que vous devez l'appeler! Même s'il n'a pas son chapeau... « Wooster » n'est qu'un simple nom d'auteur!

Cook ne parut pas l'avoir écouté – et je ne lui donnai pas tort...

– Monsieur Wooster, reprit-il, je vous dois des excuses.

Je décidai de tempérer ma grande fermeté de justice et de m... Inutile, n'est-ce pas, d'écraser le vieux gredin sous le talon d'acier des Wooster. Il s'était montré, il est vrai, on ne peut plus injurieux à mon égard, mais, si un homme a perdu sa fille et son chat, en l'espace d'une seule journée, beaucoup de choses doivent lui être pardonnées!

– N'y pensez plus, mon cher ami, fis-je. Nous commettons tous de petites erreurs. Sans ça, que serait la vie? Je vous excuse très volontiers. Si ce léger malentendu vous a montré qu'on ne doit pas parler quand on ne sait pas ce qu'on dit, la journée n'aura pas été tout à fait perdue...

Je m'étais arrêté – je me demandais si le ton que j'avais pris n'était pas un peu trop protecteur – lorsque, dans le calme retrouvé du salon de la *P'tite Niche*, s'éleva la douce voix d'un gentil petit minou... Abaissant mon regard, je vis que le chat venait de faire son entrée – et, si jamais un chat eut l'art de choisir le plus mauvais moment pour se mêler à la compagnie et se joindre à la fête, ce fut bien ce chat-là et à cet instant précis! Je le regardai d'un air effaré, comme ces types sur le pic de Darien. Prenant à deux mains le sommet de mon crâne pour empêcher qu'il ne s'envolât en direction du plafond, tel un pigeon voyageur en plein essor, je me demandai ce que Bertram allait bien récolter cette fois-ci...

Je fus très vite informé sur ce point.

– Ha! fit Cook, en cueillant l'animal, et le pressant sur son cœur... On eût dit qu'il ne s'intéressait plus tellement aux filles qu'on enlève!

– Je vous l'avais bien dit que le ravisseur ne pouvait être que Joe le Tyrolien! s'exclama Plank. C'est pour ça qu'il tournait autour des écuries l'autre jour! Il attendait l'occasion!

– Attendait son heure...

– Vous voyez! il ne trouve plus rien à dire pour sa défense!

Il avait raison... J'étais incapable d'articuler! Je ne pouvais pas, afin de me justifier, traîner la vénérable parente devant le tribunal de l'opinion publique! Et je ne pourrais jamais faire admettre à Cook que j'étais sur le point de ramener le chat dans son Q.G. Je me trouvais pris dans ce que vous auriez pu appeler « les mailles du Destin » – si vous aviez pensé à utiliser l'expression. Or, lorsque pareille chose vous arrive, il est vain de dire quoi que ce soit... Demandez aux gars de Pentonville ou de Dartmoor! La seule chose que je pouvais espérer était que, tout à sa joie de retrouver le cher disparu, le cœur du vieux Cook s'attendrirait quelques instants, et qu'il me laisserait m'en tirer à bon compte...

Espoir perdu, naturellement.

– Je réclamerai une peine exemplaire! lança-t-il.

– En attendant, fit Plank, de son air le plus désagréablement sentencieux, puis-je lui donner quelques coups sur le crâne à l'aide de ma canne? Un casse-tête zoulou ferait mieux l'affaire, mais j'ai laissé le mien à la maison.

– Pourrais-je vous prier d'aller chercher la police?

– Et que ferez-vous pendant ce temps-là?

– Je ramènerai le chat auprès de Pomme Frite.

– Et supposez qu'il file dès que nous aurons le dos tourné?

– Il y a du vrai dans ce que vous dites là...

– A Bongo, au Congo, quand on prend un voleur sur le fait, on l'attache sur un nid de fourmis rouges, jusqu'à ce qu'on trouve le Walla-Walla – c'est ainsi qu'on appelle les juges dans le dialecte local – très gênant pour l'accusé, bien sûr, s'il n'aime pas beaucoup les fourmis rouges, et si le Walla-Walla est parti en week-end... Il va de soi que nous n'avons pas de fourmis rouges, mais nous pouvons le ficeler sur le canapé. Il n'y a qu'à décrocher une paire de rideaux et nous servir des cordons.

– Eh bien, major, faisons ainsi que vous le suggérez...

– Vaudrait mieux, peut-être, aussi le bâillonner... Inutile qu'il se mette à crier au secours...

– Mon cher Plank, vous pensez à tout!

Je lis beaucoup de ces romans pour amateurs d'émotions fortes, et je m'étais souvent interrogé sur ce qu'éprouvait le héros quand vient le moment où la grosse brute de service s'emploie à le ficeler solidement – ce qui ne manque jamais de se produire vers le milieu de l'histoire. Je me trouvais enfin bien placé pour avoir un vague aperçu de la chose – quoique, bien sûr, il ne pût s'agir que d'un vague aperçu, le héros étant toujours ligoté à un baril de poudre, avec une chandelle allumée posée dessus, ce qui donne à sa position un aspect beaucoup plus poignant...

Dans mon cas précis, cet attrait supplémentaire, si je puis dire, m'avait été épargné. Néanmoins, j'étais loin de me sentir d'humeur radieuse... Je pense que c'est le bâillon qui contribua le plus à ma perte de moral... En effet, Plank m'avait enfoncé sa blague à tabac entre les mandibules, et je lui trouvai un relent d'explorateur africain beaucoup trop fort pour que le goût fût vraiment agréable au palais. C'est donc avec un soupir de soulagement rentré que j'entendis au bout d'un moment des pas s'approcher. Je réalisai soudain que Jeeves devait être de retour de ses folles agapes avec Mme P.B. Piggot, de Balmoral, Makefield Road.

– Bonjour, Monsieur, fit-il.

Il n'exprima aucune surprise à la vue de Bertram ficelé sur un canapé à l'aide de cordons de rideaux – pas plus qu'il n'aurait eu de surprise s'il m'avait découvert en train de me faire dévorer par un crocodile, bien que, dans ce dernier cas, il eût peut-être montré quelque regret en lâchant un léger soupir...

Présumant que ces objets n'étaient pas venus là en réponse à mes vœux les plus chers, il ôta le bâillon et défit les liens.

– Avez-vous pris votre petit déjeuner, Monsieur?

Je lui répondis que oui.

– Monsieur ne refuserait pas un peu de café?

– Très bonne idée, Jeeves. Et faites-le bien fort, s'il vous plaît, dis-je, espérant qu'il m'ôterait de la bouche le goût laissé par la blague à tabac de Plank...

Et lorsque vous reviendrez avec le café, Jeeves, j'aurai une histoire à vous narrer qui vous fera bondir comme si vous vous étiez assis sur un porc-épic en colère.

C'était faux, cela va sans dire. Je doute fort qu'il eût fait autre chose que de soulever un sourcil d'une fraction de centimètre si, en pénétrant dans l'office, il y avait découvert un jour l'un de ces représentants de l'étrange faune dont parle le livre des révélations, en train de se baigner dans l'évier... Lorsqu'il revint, porteur de la cafetière bouillante, je lui contai donc mon histoire. Il l'écouta de façon très attentive, mais, quand j'eus terminé, il ne donna aucun signe montrant qu'il voyait dans mon récit de quoi faire la une des journaux du soir. C'est seulement lorsque je lui appris le retour du beau fixe entre Orlo et Vanessa – ce qui me libérait, à mon grand soulagement, de tout lien avec cette dernière – qu'un léger tressaillement parcourut son visage de glace en signe d'intérêt... Je crus un instant qu'il allait s'abaisser jusqu'à me présenter ses félicitations les plus respectueuses, lorsque Plank bondit comme un diable de boîte au beau milieu de la pièce...

Il était seul. On se souvient qu'il était parti réunir les forces de police de Maiden Eggesford. J'aurais pu lui dire alors, sans risque d'erreur, qu'il n'avait aucune chance de réunir à cette heure de la journée lesdites forces de police, sachant qu'elles se composaient en tout et pour tout d'un seul individu, et qu'il faisait sa ronde à bicyclette tous les matins... Mais je n'en avais rien fait.

Dès qu'il aperçut Jeeves, il trahit un certain étonnement.

– Inspecteur Witherspoon! s'écria-t-il. Fulgurant, cette façon que vous avez, à Scotland Yard, de toujours finir par mettre le grappin sur votre homme! Je suppose que vous êtes sur les traces de Joe le Tyrolien depuis des semaines – comme l'hermine sur les traces du lapin. Il était loin de se douter, le filou, que le fameux inspecteur Witherspoon, l'Homme-qui-ne-dort-jamais, surveillait à la jumelle le moindre de ses gestes! Eh bien, vous n'auriez pas pu choisir un meilleur moment, Inspecteur! En plus de la raison que vous pouvez avoir de lui tomber sur le dos, il se trouve qu'il vient de voler un chat de grande valeur appartenant à mon ami Cook. Nous l'avons pris la main dans le sac, comme l'on dit, bien qu'il n'y eût aucun sac dans l'histoire... Toutefois, je suis surpris de voir que vous l'avez détaché du canapé! J'ai toujours cru que la police tenait particulièrement à ce qu'on ne touche à rien...

Je dois dire que je restai ce qu'il est convenu d'appeler : « à court de mots ». Mais, fort heureusement pour moi, Jeeves en trouva un certain nombre à dire...

– Je ne vous comprends pas! fit-il – et cela avec tant de froideur dans le ton de sa voix que le major Plank dut regretter de ne pas avoir mis sa petite laine pour l'hiver!

– Puis-je vous demander pourquoi vous m'appelez « inspecteur Witherspoon? » Je ne suis pas l'inspecteur Witherspoon!

Plank fit entendre un petit claquement de langue répété en signe d'impatience...

– Voyons Inspecteur! fit-il. Bien sûr que je me souviens de vous! Bientôt, vous allez me dire que vous n'avez jamais arrêté ce filou, chez moi, dans le Gloucestershire, pour avoir tenté de m'extorquer cinq livres par des moyens frauduleux!

Jeeves ne portait pas aux poignets de fine dentelle de Malines. Sinon, il en aurait sans doute chassé un grain de poussière d'une pichenette... Son attitude se fit encore plus glaciale.

– Vous vous égarez totalement! fit-il. M. Wooster jouit d'une très grande fortune. Il semble donc bien peu probable qu'il ait jamais tenté de vous voler une somme de cinq livres! Je suis bien placé pour parler de la situation financière de M. Wooster, car je suis son conseiller fiscal. Je suis précisément ici pour établir sa déclaration d'impôt sur le revenu...

– Vous voyez bien, Plank, dis-je. Il semble évident, au regard de toute personne sensée, que vous avez encore des hallucinations – des suites, peut-on penser, d'un coup de soleil sur le cigare quand vous cassiez les pieds à ces pauvres indigènes en Afrique noire! Si j'étais vous, je retournerais d'un saut revoir E.J. Murgatroyd pour qu'il vous donne quelque chose afin de vous soigner ça! Vous ne tenez pas, je suppose, à voir s'aggraver ce genre de machin! Avouez que vous auriez l'air malin, si le mal empirait, et si nous devions vous enterrer avant le coucher du soleil!

Plank eut l'air d'être passablement secoué par mes propos... Il ne pouvait pas pâlir sous son hâle, car son hâle était le genre de hâle sous lequel on ne peut pas pâlir – ou s'il pâlit, veux-je dire, nous ne pûmes le voir tant il était cuit par le soleil...

Mais il paraissait songeur. Et je savais ce qui se passait dans son cerveau.

Il se demandait comment il allait s'y prendre pour expliquer à Cook qu'en ligotant des gens sur des canapés, on se rendait passible de poursuites pour coups et blessures et tout ce qui s'ensuit!

Ces explorateurs africains sont des rapides! Il ne lui fallut pas plus de cinq secondes pour décider de ne pas attendre l'explication avec Cook... Plus prompt que l'éclair, il se rua hors de la pièce – selon toute vraisemblance à destination de Bongo, au Congo, ou de quelque autre endroit semblable hors d'atteinte des rigueurs de la Justice. Je ne pense pas qu'il eût montré autant de rapidité au démarrage depuis le jour où – les indigènes semblant d'humeur pacifique – il avait donc décidé de planter le camp pour la nuit... et où ils lui étaient tous partis derrière avec des sagaies!

Mon premier mouvement, après qu'il nous eut laissés, fut, bien sûr, de louer abondamment Jeeves pour son précieux concours et, une fois de plus, sa brillante intervention. Cela fait, notre conversation prit une tournure plus intime.

– Avez-vous passé une agréable soirée, Jeeves?

– Extrêmement agréable, je vous remercie, Monsieur.

– Comment avez-vous trouvé votre tante?

– Assez déprimée, au début, Monsieur...

– Tiens! Comment cela?

– Elle avait perdu son chat, Monsieur... Avant de partir en vacances, elle l'avait confié à une amie, et il s'était égaré...

J'en eus le souffle coupé. Une idée subite venait de me traverser l'esprit. Nous sommes comme ça chez les Wooster. Nous avons souvent l'esprit traversé par des idées subites.

– Jeeves! m'écriai-je, se pourrait-il que... Mais, oui, bien sûr, mais c'est...

– Oui, Monsieur! Elle m'a décrit l'animal dans ses moindres détails, et il ne fait aucun doute qu'il s'agit bien de celui qui est en ce moment l'hôte d'Eggesford Court.

J'esquissai un joyeux pas de danse. Je sais reconnaître une issue heureuse lorsque j'en vois une au coin de la rue...

– Alors, Jeeves, Cook est cuit!

– Il semble bien qu'il le soit, Monsieur.

– Il n'y a plus qu'à nous rendre auprès de ce forcené pour lui dire que, s'il veut garder le chat jusqu'à la date de la course, il n'a plus qu'à offrir à votre tante une somme convenable – un « contrat-location », je crois qu'on appelle ça, n'est-ce pas, Jeeves?

– Tout à fait, Monsieur.

– Et nous pouvons même y ajouter une petite clause... C'est bien d'une « clause » qu'il s'agit?

– Oui, Monsieur.

– ... disant qu'il doit rendre sans délai cet argent qui est, en fait, celui d'Orlo Porter. J'aimerais autant que l'affaire Orlo Porter soit définitivement réglée... Cook ne peut pas refuser s'il tient à garder le chat un peu plus longtemps. Et s'il tente d'opposer un quelconque *nolle prosequis* au sujet de l'argent d'Orlo, nous lui collons sur le dos un procès pour coups et blessures! N'ai-je rien oublié, Jeeves?

– Un raisonnement sans faille, Monsieur.

– Et il y a une autre chose à laquelle je pense depuis quelque temps : c'est que le rythme frénétique – pour ne pas dire « endiablé » – de la vie quotidienne à Maiden Eggesford ne correspond guère à ce qu'avait imaginé E. Jimpson Murgatroyd en me conseillant une cure de repos complet à la campagne! Ce qu'il me faut, voyez-vous, Jeeves, c'est un endroit calme, un endroit paisible... Disons... comme New York, par exemple. Et si je me fais un peu assommer, qu'à cela ne tienne! Ça ne doit pas être désagréable, après tout, de se faire assommer de temps en temps – une fois qu'on y est habitué, veux-je dire... Vous êtes bien de mon avis, Jeeves?

– Oui, Monsieur.

– Et vous êtes aussi favorable à l'idée d'aller

sans plus attendre affronter le Père Cook dans son antre?

– Si Monsieur le désire...

– Alors, allons-y! Ma voiture nous attend devant la porte. Prochain arrêt, Eggesford Court!

CHAPITRE XX

Nous étions à New York depuis environ une semaine, si j'ai bonne mémoire, et je m'apprêtais à prendre mon petit déjeuner – savourant comme il se doit cet instant où la journée est encore jeune et insouciante –, lorsque je découvris, posée sur la table à côté de mon assiette, une lettre qui venait d'Angleterre. Ne reconnaissant pas l'écriture à première vue, je la mis de côté, avec l'intention de m'en occuper plus tard, après qu'un solide repas m'aurait redonné des forces. C'est, le plus souvent, ce que je fais quand je reçois des lettres à l'heure du petit déjeuner. En effet, s'il s'agit de mauvaises nouvelles, et si vous les lisez l'estomac creux, vous commencez mal la journée... Or, par ces temps troublés que nous vivons, les gens n'ont guère que de mauvaises nouvelles à mettre dans leurs lettres...

Aussi ne fut-ce qu'une bonne demi-heure plus tard, une fois ravigoté et pleinement restauré, que j'ouvris l'enveloppe. Pas étonnant que l'écriture ne m'eût pas semblé familière, car c'était celle de l'oncle Tom – et il ne m'avait pas écrit depuis l'époque où j'étais à l'école, époque où, pour lui rendre justice, il avait toujours joint à ses lettres un mandat de cinq ou dix shillings.

Ainsi s'exprimait l'oncle Tom :

Mon cher Bertie,

Tu seras sans doute surpris que ça soit moi qui t'écrive. Je le fais à la place de ta tante, qui a le bras en écharpe depuis un petit accident tout à fait malencontreux survenu durant les derniers jours de sa visite chez des amis, les Briscoe, qui habitent quelque part dans le Somerset. Si j'ai bien compris, au cours d'une petite fête pour célébrer la victoire du cheval de M. Briscoe, Simla, qui avait gagné une course importante, un bouchon, extrait d'une bouteille de champagne, lui a heurté si violemment le bout du nez qu'elle est tombée à la renverse et s'est blessée au poignet.

Venaient ensuite trois pages sur le temps qu'il faisait, l'impôt sur le revenu (qu'il n'apprécie pas du tout), et sur ses récents achats pour sa collection d'argenterie ancienne – avec, pour finir, un post-scriptum.

P.S. Ta tante me demande de te transmettre cette coupure de journal.

Je ne trouvai aucune coupure de journal nulle part... Je pensai qu'il avait dû oublier de la joindre à la lettre, lorsque je l'aperçus qui gisait sur le parquet.

Je la ramassai. Elle était tirée de *l'Argus de*

Bridmouth – qui paraît avec *le Fermier du Somerset* et *l'Éveil du Midi agricole*, et organe, si vous vous en souvenez, dont le critique artistique avait écrit un article si délirant à propos de la Vénérable Ancêtre lorsqu'elle avait chanté « Chaque Brave Fille aime son Marin » – en tenue de marin, pour la fête de Maiden Eggesford.

Elle disait ceci :

INTENSE ÉMOTION AUTOUR DU PRIX DU JUBILÉ!

Hier, les trois juges de course, le major Welch, l'amiral Sharpe et sir Everard Boot, après de longues délibérations, ont annoncé leur décision concernant l'incident survenu lors du Prix du Jubilé, qui avait causé une vive controverse dans les milieux hippiques de Bridmouth-sur-Mer. Les paris seront donc versés en accord avec cette décision. Des rumeurs circulent selon lesquelles de fortes sommes seraient appelées à changer de main...

Là, je fis une pause – car l'article du journal, tout comme la lettre de l'oncle Tom, m'avait fourni ample matière à réflexion!

C'est avec la plus profonde sympathie, cela va de soi, que j'évoquai l'épisode tragique de ma tante Dahlia et du bouchon de champagne... Je me souviens qu'il m'était arrivé, un jour, une chose assez similaire – à l'occasion d'une scène d'orgie, ou de je ne sais plus quels excès commis au club des Bourdons –, et je peux témoigner que de telles circ. font appel à toute la force d'âme de l'individu... Mais le cas était différent. Cette fois-ci tante Dahlia devait être confortée par le fait d'avoir gagné une somme d'argent plutôt coquette – ce qui la mettait à l'abri de l'horrible nécessité de devoir taper l'oncle Tom pour équilibrer son budget!

D'ailleurs, cet aspect de la question cessa tout à coup de me captiver... Ce que je voulais, c'était pénétrer plus avant au cœur du problème qui venait d'être soumis à ma sagacité. Il semblait donc que ce fût Pomme Frite, le cheval de Cook, qui eût gagné la course. Mais il avait été disqualifié. La question qui se posait alors était : Pourquoi? Que s'était-il passé? Une bousculade?

C'est généralement la raison pour laquelle on disqualifie un cheval.

Je poursuivis donc :

Les faits sont, bien sûr, encore tout frais à l'esprit de nos lecteurs. A l'amorce de la dernière ligne droite, Simla et son rival, Pomme Frite, étaient toujours épaule contre épaule, devançant de loin les autres concurrents, et il ne faisait aucun doute que l'un des deux devait remporter la victoire finale. Près de l'arrivée, Simla prit la tête et menait d'une bonne longueur, lorsqu'un chat noir tacheté de blanc se précipita au milieu de la piste et lui fit faire un écart – désarçonnant ainsi son jockey.

Il fut alors découvert que le chat était la propriété de M. Cook – et avait été en réalité conduit sur les lieux de la course dans le même fourgon que son cheval. C'est ce dernier fait qui détermina les juges dans leur décision, lesquels, ainsi que nous l'avons dit, attribuèrent, après leur réunion d'hier, la victoire au concurrent présenté par le colonel Briscoe. M. Cook a fait l'objet de nombreux témoignages de sympathie...

... Pas du mien, m'empressai-je de dire. Je trouvais que c'était bigrement bien fait pour ce vieux gredin... Il aurait dû se douter qu'on ne s'offre pas le luxe de jouer les suppôts de Satan pendant des années sans finir tôt ou tard par en payer le prix... Souvenez-vous de ce qu'a dit l'autre type à propos de son histoire de dieux et de moulins...

Je me sentais d'humeur à philosopher – tout en prenant le temps de fumer à mon aise la première cigarette lénifiante de la journée... Jeeves entra pour enlever les débris et je lui fis part de l'heureuse nouvelle.

– C'est Simla qui a gagné, Jeeves!

– Vraiment, Monsieur? Je suis très heureux de l'apprendre.

– Et ma tante Dahlia a reçu un bouchon de champagne sur le bout du nez.

– Monsieur?

– Au cours des cérémonies qui suivirent, pour célébrer la victoire dans le camp des Briscoe.

– Ah, je vois, Monsieur. Une expérience douloureuse, mais je ne doute pas que la satisfaction causée par ses gains financiers aidera Mme Travers à la supporter avec bravoure. Est-ce que le ton de la missive était optimiste?

– La lettre n'était pas d'elle. Elle était de mon oncle Tom. Il y avait joint ceci...

Je lui tendis l'article du journal, et je constatai que sa lecture semblait vivement l'intéresser... Un de ses sourcils se souleva d'environ un millimètre et demi...

– Dramatique, n'est-ce pas, Jeeves?

– Excessivement, Monsieur. Mais je ne suis pas tout à fait certain d'approuver le verdict des juges.

– Ah, non?

– J'aurais été enclin à considérer l'incident comme « un acte de Dieu »!

– Eh bien! Il faut remercier Dieu que vous n'ayez pas eu à prendre la décision... On se perd dans d'horribles conjonctures lorsqu'on tente d'imaginer la réaction de tante Dahlia si les choses s'étaient terminées autrement! Je la vois très bien en train de glisser un hérisson dans le lit du major Welch, ou récolter quinze jours de prison ferme pour avoir versé des seaux d'eau par la fenêtre sur la tête de l'amiral Sharpe et de sir Everard Boot... Je suis sûr que j'en aurais attrapé une dépression nerveuse en moins de deux jours! Et, croyez-moi Jeeves, il n'était déjà pas facile, en temps normal, de ne pas attraper une dépression nerveuse à Maiden Eggesford, fis-je – mon humeur philosophique tournant maintenant avec toute la puissance de ses douze cylindres... Vous arrive-t-il parfois de méditer sur l'existence?

– Occasionnellement, Monsieur. Lorsque j'en ai les loisirs.

– Qu'est-ce que vous en pensez? De l'existence, je veux dire. Plutôt bizarre par endroits, vous ne trouvez pas?

– Il est permis de la décrire ainsi, Monsieur.

– Tous ces trucs qui ont l'air d'être des machins et qui, en fait, ne sont pas des machins du tout! Vous me suivez?

– Pas entièrement, Monsieur!

– Eh bien, tenez. Prenons un exemple simple. A première vue, n'est-ce pas, Maiden Eggesford avait tout du parfait havre de paix? Vous êtes d'accord avec moi là-dessus, Jeeves!

– Oui, Monsieur.

– On n'aurait pu souhaiter d'endroit plus calme, ni plus reposant, avec ses petites maisons recouvertes de chèvrefeuille, et tous ces vieillards qu'on voyait trotter un peu partout, rouges comme des pommes d'api... Jusqu'au jour où le masque est tombé! Et, alors, le pays s'est révélé tel qu'il était : un véritable enfer pour âmes damnées! Pour trouver un peu de calme et de repos, il nous a fallu venir à New York. Et là, nous en avons tant que nous voulons! La vie y est une douce flânerie sans le moindre heurt ni la moindre secousse! Il ne s'y passe rien! Avons-nous été un peu assommés?

– Non, Monsieur.

– Des jeunes gens nous ont-ils déjà tiré dessus?

– Non, Monsieur.

– Non, Monsieur, est la réponse exacte! Nous sommes enfin tranquilles! Et je m'en vais vous dire pourquoi, Jeeves! C'est parce que nos tantes ne sont pas ici avec nous! Et, en particulier, parce que nous sommes à près de cinq mille kilomètres d'une certaine Mme Dahlia Travers, de Brinkley Manor, Market Snodsbury, Worcestershire. Comprenez-moi bien, Jeeves! J'aime beaucoup la vieille parente consanguine! Nul ne clamera plus haut que moi qu'elle est la compagne idéale! Mais sa morale est beaucoup trop floue! Elle ne distingue pas très bien ce qui est conforme au code de Hoyle et ce qui n'est pas conforme au code de Hoyle! Si elle a envie de faire quelque chose, elle ne se pose pas la question : « Emilie Post m'approuverait-elle? » Elle fonce droit devant elle, et elle le fait! Savez-vous le défaut qu'ont toutes nos tantes en général, en tant que groupe social, pourrait-on dire?

– Non, Monsieur.

– Elles n'ont aucun code d'honneur! répondis-je d'un air grave. Croyez-moi si vous voulez, Jeeves, elles ne seront jamais des gentilshommes...

LA COMPOSITION, L'IMPRESSION ET LE BROCHAGE DE CE LIVRE
ONT ÉTÉ EFFECTUÉS PAR LA SOCIÉTÉ NOUVELLE FIRMIN-DIDOT
POUR LE COMPTE DES ÉDITIONS U.G.E.
LE 11 JUIN 1987

Imprimé en France
Dépôt légal : Juin 1987
N° d'édition : 1771 – N° d'impression : 6790